WAGENBACHS TASCHENBÜCHEREI

Gezeichnet von Lohbauer. 1791 Gestochen v. Ant. Karcher Manh.

Christian Friederich Daniel
Schubart.

Wilfried F. Schoeller

Schubart

Leben und Meinungen eines schwäbischen Rebellen, den die Rache seines Fürsten auf den Asperg brachte

Mit einer Auswahl seiner Schriften

Verlag Klaus Wagenbach Berlin

Schubart-Turm auf dem Asperg. Um 1850

Satz und Druck: DRUCKHAUS Neue PRESSE Coburg
Bindung: Hans Klotz, Augsburg
Repros: Reprowerkstatt Rink und Silbermann, Berlin
Umschlagentwurf: Jürgen Holtfreter

ISBN 3 8031 2054 3

Inhalt

Der Journalist

Der zerbrochene Rebell

Zehn Szenen aus dem Leben eines tapferen Schwaben

Kurz – ich bin in Deutschland geboren und bin doch in Deutschland ein Fremdling – ich bin in Schwaben erzogen und bin doch in Schwaben ein Fremdling – ich bin ein Reichsstädter und keine einzige Reichsstadt erkennt mich für ihren Bürger. Können Sie dieses Rätsel erraten? – Tausendmal denk' ich nun, welch ein Glück es sei, in einem gewiesen Staate ein Bürger zu sein, ein Vaterland zu haben, wo man doch dem Vieh sein Futter gibt und dem Ochsen, der da drischt, nicht das Maul verbindet.

Schubart 1767 in einem Brief

Es tritt auf im fernen 18. Jahrhundert, in einer seiner dunkelsten deutschen Gegenden: ein rebellischer Untertan, ein plebejischer Volksdichter, ein frecher Journalist – ein Opfer despotischer Willkür. Schubart ist heute begraben unter den Verdikten, die das christlich-fromme Entsetzen über seinen Lebenswandel auf ihn häufte. In der Literaturgeschichte ist er abgelegt unter dem Fach »Stürmer und Dränger«; solche Figuren haben entweder die klassische Weimarer Höhe erreicht oder wurden aus dem Panorama des historischen Bewußtseins entfernt.

Christian Friedrich Daniel Schubart gehört zur zweiten Gruppe, er ist der Protagonist all dieser fragmentarischen, verschollenen Existenzen: der sittlichen Norm seiner Zeitgenossen schon als Schüler entlaufen, ist er aus den Literaturgeschichten weitgehend verbannt oder zu einer Fußnote für Despotenwillkür geschrumpft. Zu *Reife* und *Vollendung*, wie sie als Zielbegriffe deutscher Klassik von vielen Germanistengenerationen extrapoliert worden sind, war er unfähig – und dies auf eine genialische Art.

Schubarts literarisches Werk, keineswegs abgeschlossen und insgesamt mehr ein Entwurf, ist von zwei epochalen Ereignissen gleichsam eingerahmt: dem Erziehungsroman *Emile* von Jean-Jacques Rousseau, der – 1762 erschienen – eine auf die Kraft der Natur vertrauende Pädagogik forderte, und der Einführung der konstitutionellen Monarchie 1791 in Frankreich, womit der Absolutismus sein formuliertes Ende fand. Die radikale Veränderung der Auffassung von der menschlichen Natur hat Schubart mitvollzogen und umgesetzt, die Gewaltenteilung und die Beschränkung der königlichen Rechte in Frankreich als Zeitgenosse noch miterlebt und enthusiastisch begrüßt. Er hat mit seinen Volksliedern an eine Kulturtradition angeschlossen, die durch die französisch-absolutistische Bildung und Mode verschüttet schien, war selbst das temperamentvolle Instrument einer Gefühlskultur, der die Befreiung des Individuums aus der starren Regelhaftigkeit vernünftelnder Ordnungen gelang, hat durch seine kraftvollen, genialischen Ausbrüche aus der Moral und der Devotheit des Untertans, mit seinem aufsässigen, bissigen Journalismus eine subjektive Rebellion geleistet, die erinnernswert ist.

Anstatt von den enttäuschten Republikanern nach 1848 entdeckt zu werden, haben ihn die Theologen in Beschlag genommen: der Rebell und Staatsfeind wurde von moraltheologischen Urteilen abgestempelt. Pfarrer und bibelfeste Heimatforscher haben sich um ihn geschart, fest entschlossen, sein Leben als Charakterfrage zu erörtern. An die Handleine ihrer Vorstellungen haben sie ihn, die deutsche Ausgabe eines sinnenfrohen, trinkfesten Bellmann, schon zu Lebzeiten nehmen wollen; was ihnen mißlang, haben ihre Nachfolger, die Pastoren unter den Schubart-Biographen, besorgt: sie entwarfen einen moralisch Verkommenen, wo sie hätten einen Rebellen entdecken können.

So ist, trotz ihres unermeßlichen Fleißes im Detail, dieses Leben noch immer unentdeckt, unter den Marmorsprüchen und Tugendweisheiten des protestantischen Pfarrhaushalts verschüttet. Schubart hat dazu selbst beigetragen: seine von

Schubart 1773.
Nach einem Gemälde
von J. G. Ettlinger

christlicher Reue triefenden Lebenserinnerungen haben die Anleitung gegeben. Aber er schrieb sie nach einer jahrelangen psychischen Tortur im Gefängnis, unfähig, dem Bekehrungsprogramm zu entrinnen, das seine Bewacher für ihn vorgesehen hatten. Zu finden wäre, im Widerspruch zu dieser frommen Revision, ein Leben, das wie ein bürgerliches Trauerspiel sich gliedert, in einem Ablauf, der, damals von Lessing auf die Bühne gestellt, die handelnden und scheiternden Figuren nicht mehr in hohen Standespersonen, sondern in erfahrungsnahen Bürgern suchte. Dieses Trauerspiel um Schubart wäre erst noch zu entwerfen, die folgenden biographischen Abschnitte skizzieren dazu einige Szenen.

»Herr Schubart, Sie sind krank und dieser Mann könnte Sie kurieren.« Verweis auf die Segnungen der Religion. Stich aus der Autobiographie *Leben und Gesinnungen*

1.

Vorspiel: Wie man als Studiosus mißrät

Christian Friedrich Daniel Schubart wurde am 26. März 1739 in einem Dorf namens Obersontheim geboren, das heißt: in der provinziellsten Enge deutscher Kleinstaaterei, die sich nur denken läßt, im Residenzort einer Grafschaft Limpurg, die heute nur schwer zu rekonstruieren ist. Ein Jahr später übersiedelten die Eltern nach dem württembergischen Aalen, wo der Vater als Präzeptor (ein »studierter« Lehrer) und als Musikdirektor tätig war. Er hat seinen Sohn wohl schon früh auf den eigenen Beruf hin erzogen, wogegen dieser anscheinend unbewußt revoltierte. Jedenfalls hob Schubart in seiner Lebensbeschreibung hervor: »In meinen jungen Jahren ließ ich wenig Talent blicken, dagegen desto mehr Hang zur Unreinigkeit, Unordnung und Trägheit. Ich warf meine Schulbücher in den Bach, schien dumm und trocken, schlief beständig, ließ mich schafmäßig führen, wohin man wollte, und konnte im siebenten Jahre weder lesen noch schreiben. Plötzlich sprang die Rinde, die mich einschloß, und ich holte nicht nur meine Mitschüler in weniger Zeit und meist durch eigene Anweisung ein, sondern übertraf sie auch alle. Sonderlich äußerte sich in mir ein so glückliches musikalisches Genie, daß ich einer der größten Musiker geworden wäre, wenn ich diesem Naturhange allein gefolgt hätte. Im achten Jahre übertraf ich meinen Vater schon im Clavier, sang mit Gefühl, spielte die Violin, unterwies meine Brüder in der Musik und setzte im neunten und zehnten Jahre Galanterie- und Kirchenstücke auf, ohne in allen diesen Stücken mehr als eine flüchtige Unterweisung genossen zu haben.« Halb Faulpelz, halb Wunderkind, war er zum Studium bestimmt; für einen begabten, aber mittellosen Schüler, der mit weiteren acht Geschwistern geschlagen war, blieb im 18. Jahrhundert kaum etwas anderes übrig als das theologische Fach.
Schubart erwies der Heimat in seinen Memoiren eine dankbar-ironische Reverenz: »In dieser Stadt, die, verkannt wie die redliche Einfalt, schon viele Jahrhunderte im Kochertale genügsame Bürger nährt – Bürger von altdeutscher Sitte, bieder, geschäftig, wild und stark wie ihre Eichen, Verächter

des Auslandes, trotzige Verteidiger ihres Kittels, ihrer Misthäufen und ihrer donnernden Mundart, wurd' ich erzogen. Hier bekam ich die ersten Eindrücke, die hernach durch alle Veränderungen meines Lebens nicht ausgetilgt werden konnten. Was in Aalen gewöhnlicher Ton ist, scheint in anderen Städten trazischer Aufschrei und am Hofe Raserei zu sein. Von diesen ersten Grundzügen schreibt sich mein derber deutscher Ton, aber auch mancher Unfall, der mir hernach in meinem Leben aufstieß.« 1751, also mit zwölf Jahren, lernte Schubart durch einen preußischen Werbeoffizier die ersten fünf Gesänge des *Messias* von Klopstock kennen und mit ihnen das einflußreichste dichterische Zeugnis einer aufbrechenden Gefühlskultur. Klopstocks Dichtung wurde für den schwärmerischen Enthusiasten zu einer poetischen Offenbarung. Er bekennt: »Eine Saite meines Herzens, von keinem Finger noch berührt, tönte da zuerst und klang überlaut.«

Mit vierzehn Jahren wurde Schubart zur Vorbereitung auf die Universität in ein Lyzeum nach Nördlingen geschickt, zu einem Rektor Thilo, der sich des Lobs aller Schüler als »ein Mann von ungemeinen Gaben und weitkreisender Gelehrsamkeit«, wie Schubart bemerkte, gewiß sein konnte. Lateinische und griechische Klassiker standen auf dem Lehrprogramm, aber auch deutsche Dichter. Schubart scheint aus ihrem Werk reichlich Stoff gezogen zu haben, wiewohl er später reumütig bemerkt, daß er sich doch besser »mit dem Geist der Griechen und Römer vertraut« gemacht hätte als in der deutschen Trivialliteratur zu schmökern; es wäre von Vorteil gewesen, meinte er im Rückblick, »ihre Romanen, Schauspiele, Romanzen, Gassenhauer, samt allen Kreuzertrompeten und Rätschen, die an Ostern und Michaelis zu Frankfurt und Leipzig verkauft werden, weit von sich zu schleudern«. Das harte Urteil kommt aus der Einsicht, daß er es versäumte, auf dem Lyzeum geschlossene Fachkenntnisse zu erwerben. Strenge Beobachter wollten wissen, er habe es auch an der richtigen »Aufführung« fehlen lassen, habe unzüchtige Billets geschrieben, habe allzu freien Umgang mit Handwerksburschen gepflogen, habe seine musikalischen Fähigkeiten zur geselligen Unterhaltung mißbraucht, sei zwar zur Reue, doch ebenso rasch wieder zur »Liederlichkeit« bereit gewesen. Im Umgang mit Fiedlern und Handwerksburschen entstanden die ersten volksliedartigen Gedichte, zum Beispiel das *Schneiderlied*, das sich über das Muckertum lustig macht. Auch schrieb er eine »prosaisch-poetische Nänie auf das Erdbeben in Lissabon«, ein Klagelied auf die 1755 eingetretene Naturkatastrophe, die damals die Gemüter bewegte. Der (heute verschollene) Text wurde, »unerachtet der gräulichen Stelzenpoesie«, wie Schubart selbstkritisch bemerkte, gedruckt und trug ihm Anerkennung ein. Das Nebeneinander von Volkspoesie und einer – wohl an antiken Vorbildern orientierten – Lyrik weist auf die paradoxe literarische Haltung Schubarts hin, auf »des Dichters Pflicht – von oben herab, von unten herauf zu arbeiten«. Offensichtlich hatte der Vater vor, den Sohn in seinen Fußstapfen ins Studium zu schicken; jedenfalls mußte Schubart nach drei Jahren in Nördlingen für weitere zwei eine Schule in Nürnberg besuchen, wo auch der Vater studiert hatte. Der Eleve begegnete Verwandten, die waren »herabgesunken in tiefste Armut, Niedrigkeit und Verachtung«. Zur gleichen Zeit, als er nach Nürnberg kam, brach der Siebenjährige Krieg aus: die beiden führenden Mächte in Deutschland, Preußen und Österreich, kämpften um die Vorherrschaft. Der Studiosus schrieb Lieder voller Begeisterung für die Preußen; Gleims Kriegslieder, 1758 in Buchform erschienen, waren wohl das Vorbild. Schubarts Texte wurden anonym gedruckt, durch ihren gassenhauerischen Ton populär; sie fanden rasch Verbreitung. Dazu eine Episode am Rande: ein Salzburger Soldat, erbost über den Lobredner des Gegners Preußen, setzte ihm mit der Muskete zu. Beim Studium hat sich der junge Mann wohl nur wenig aufgehalten: ein bißchen Lateinunterricht, ausgedehnte Lektüre, begeisterte Rezitation von Klopstocks *Messias* und viel musikalische Schulung machten seine Tätigkeiten aus. Es fand sich ein erster Broterwerb: in der »hochaufschallenden Stadt« war er zeitweilig »Frühmesser und Organist«. »Man sieht«, schrieb er später in einer undurchdringlichen Mischung aus Ironie und Reue, »daß mir die Vorsehung auf mehr als einer Seite zurief: bleib in Nürnberg! – Freundschaft, Liebe, Vorschläge zur künftigen Versorgung, Gesundheit, Beifall – alles hätte mich bestimmen sollen, mich anzusiedeln in der Stadt meiner Väter und allen nahen und fernen Donquixoterien durch das ebene, geräuschlose Privatleben eines Reichsbürgers vorzubeugen.« Doch es kam anders: »Mädchenreiz« hat ihn angezogen und eine ganze Riege von Schubart-Biographen hat darin ein verderbliches Unheil gewittert. Das Thema zieht sich durch Schubarts Biographie wie eine erschröckliche Geschichte im immerwährenden Kalender puritanischer Sittenwächter. Da Schubart nach dem »tosenden Universitätsleben« »schmachtete«, wurde er vom Vater nach einem Zwischenaufenthalt im heimatlichen Aalen und bei einem pietistischen Theologen, der ihn aufs Studium trimmen sollte, zum Aufenthalt in Jena bestimmt.

Man kann darüber rätseln, was aus dem unsteten Helden geworden wäre, hätte er das vorgesehene Reiseziel erreicht: vielleicht hätte er Beziehungen geknüpft, die ihn später fürs nahe Weimar nützlich geworden wären. Aber die Spekulationen sind müßig: der Neunzehnjährige bog vorzeitig vom Wege ab und landete an der Universität in Erlangen. Der Siebenjährige Krieg hatte die Straßen gefährlich gemacht, eine lustige Studentengesellschaft förderte zudem seinen Entschluß. Anfangs sei er ungemein fleißig gewesen, habe Hebräisch, Logik, Metaphysik und Moral gehört, habe Geschichte, die schönen Wissenschaften, die Theologie »nach allen ihren Teilen« und die »Weltweisheit« studiert. Aber bald trieb es ihn in bekannter Weise um: »Ich war hier in meinem Elemente. Frei, ungebunden, durchstreift' ich tobender Wildfang Hörsäle, Wirtshäuser, Konzertsäle, Saufgelage – studierte, rumorte, ritt, tanzte, liebte und schlug mich herum.« Die Theologie schreckte ihn ab, er fand nur ein starres, papiernes System trockener Lehrsätze. Er verfaßte – leider verlorengegangene – Lieder »erotischen oder bacchantischen Inhaltes« und hielt sich ansonsten in jener antibürgerlichen Atmosphäre auf, die der verbummelte Student Friedrich Laukhard in seiner Autobiographie am Beispiel der Universität Gießen beschrieben hat: »Wer ein honoriger Bursche sein wollte, ging wenigstens des Abends in eine der vielen Bierkneipen – die rheinische Maß Bier kostete zwei Kreutzer – soff bis zehn oder 11 Uhr und schob hernach ab. Da man es für Pedanterie hielt, von gelehrten Sachen zu sprechen, so wurde von Burschen-Affairen diskutiert und größtenteils wurden Zoten gerissen. Ja, ich weiß noch recht gut, daß man in Eberhardts Busch-Kneipe ordentliche Vorlesungen über Zotologie hielt, worüber ein Kompendium im Manuskript da war. In Gießen waren die Kommerse erlaubt, und wir haben vielmals auf der Straße kommersiert. Die meisten Studenten traten einher wie Schweine. Ein Flausch war des Burschen Kleid Sonntag und Werktag. Dazu trug er lederne Beinkleider und lange Reiterstiefel. Schlägereien waren gar nicht selten, und man schlug sich auf öffentlicher Straße. Der Herausforderer ging vor das Fenster seines Gegners, hieb einigemale mit seinem Hieber ins Pflaster und schrie: ›Pereat N. N., der Hundsfott, der Schweinekerl!‹ Nun erschien der Herausgeforderte, die Schlägerei ging vor sich, endlich kam der Pedell, gab Inhibition, die Raufer kamen ins Karzer und so hatte der Spaß ein Ende.« Schubart machte Schulden und wurde für vier Wochen ins Gefängnis gesteckt. Nach kaum mehr als drei Semestern riefen ihn seine Eltern zurück. Die Biographen haben die Szene mit biblischem Fanatismus ausgemalt: »Durch Ausschweifungen körperlich herabgekommen, stand der bleiche junge Mann vor dem zürnenden Vater.« (Karl Maria Klob) Auch sei er »mit einem brausenden Studentenkopfe, einer Seele voll wissenschaftlicher Trümmer und einem beinahe ganz verwüsteten Herzen« nach Hause zurückgekehrt (Gustav Hauff nach Schubarts Autobiographie).

Abschied des Lehrers. Aus dem *Orbis pictus*

2.

Theolog und Poet im Wartestand

Die Heimkehr des verlorenen Sohnes diente den Moralwächtern als erbauliches Zwischenbild im Leben einer zwiespältigen Seele, als christeninnig gestellte Szenerie vor einer neuen Etappe: dem dreijährigen Vakanzdasein eines Arbeitslosen. Zu Hause vertrieb er sich die Zeit, indem er die Aalener Stadtmusik organisierte. Der Vater hatte die Absicht wohl noch nicht aufgegeben, aus dem mißratenen Sohn einen leibhaftigen Pastor zu verfertigen. Schubart half den Landpfarrern beim Predigen aus, wobei er anscheinend öfter sein poetisches vor sein religiöses Talent schob und zum Beispiel die Leviten ganz in Reimen vortrug. Gustav Hauff hat tadelnd angemerkt, daß es den diesbezüglichen Leistungen auf der Kanzel »an Fleiß, Salbung und ernstem Bibelstudium« mangele. Schubart, Kandidat der Theologie im Wartestand, beschäftigte sich vor allem mit der Musik: »Ich spielte zu dieser Zeit mit geflügelter Geschwindigkeit, las sehr schwere Stücke, für's Klavier oder ein anderes Instrument gesetzt, mit und ohne Baß, vom Blatte weg, spielte in allen Tönen mit gleicher Fertigkeit, phantasierte mit feuriger Empfindungskraft und zeigte die volle Anlage zu einem großen Organisten. Ich konnte mich so ins Feuer spielen, daß alles um mich schwand und ich nur noch in den Tönen lebte, die meine Einbildungskraft schuf. Meine Spielart war ganz und gar von mir geschaffen.« Der väterlichen Abhängigkeit versuchte er zu entrinnen, indem er sich vorübergehend in der Nähe als Hauslehrer verdingte. Und es begann eine Tätigkeit als bestellter und bezahlter Lobhudler von kirchlichen und weltlichen Größen, als Serienproduzent poetischer Auftragsarbeiten oder lyrischer Dedikationsreverenzen der untertänigsten Ehrerbietung – damals eine von vielen Schriftstellern genutzte Chance, einen reichen Mäzen zu finden. Schubart hielt sich an den nahen Fürstpropst von Ellwangen, einen katholischen Würdenträger aus dem Haus der unermeßlich reichen Fugger, der merkwürdigerweise auch protestantische Predigerstellen zu vergeben hatte. Unser angehender Dichter schickte ihm im Herbst 1762 eine Preisode; doch die poetische Tat hatte keine weiteren Folgen – außer ein bißchen Geld, 4 Carolins, von denen Schubart fälschlicherweise annahm, sie seien »ein Vorgeschmack, daß sich sein Glück unter einem so gnädigen Fürsten gründen lassen werde«. Der Ellwangener Minipotentat hielt sich mit Angeboten zurück, es kam nichts nach. Schubart übernahm in der Folgezeit häufig solche freiwilligen oder durch Aufträge angeregten Gelegenheitsarbeiten. So rang er sich eine Ode auf den Tod Kaiser Franz I. ab: »Das Silbenmaß ist nach dem Griechischen, wie auch die ganze Einrichtung der Ode Pindarisch ist. Dieser Plan macht Mühe, wenn man ihn mit einer gewissen Art durcharbeiten will. Die Strophen, Antistrophen und Epodos haben jede ein besonderes Metrum, und dazu muß sich der Schwung in einem jeden durch etwas *eigenes* unterscheiden!« (1765 an seinen Schwager Böckh) Er erhielt dafür den kaiserlichen Poetentitel, ein Diplom, »eine Ehre, deren schon manches poetisches Rindvieh gewürdiget worden«, wie Schubart zähneknirschend feststellte (1766 an Böckh). Der bewunderte Wieland attestierte ihm schwungvoll »ohne Circumherumschweifungen« poetisches Genie für diese lyrische Bastelarbeit. Schubart legte sich ins Zeug: einem Grafen Degenfeld schrieb er ein Gedicht, einen verstorbenen bayerischen General wollte er poetisch ansingen, eine Ode auf einen Hof- und Regierungsrat entstand. Für all dies winkte – nichts. In seinen *Originalien* bemerkte Schubart bitter: »Fürstengnade bildet keine Genies; aber das Vaterland sollte mit Gottes reichem Segen, mit seinen Genies nicht so undankbar umgehen. Armut und Mangel löscht die Genieflamme aus, und, merk's Leser, dem Künstler, der das Bewußtsein seiner Größe mit sich herumträgt, ist höllischer Schmerz die Verachtung, oder nicht dafür erkannt zu sein.« Schubart hatte eben nicht die angenehmen Möglichkeiten eines Schiller, Herder und Wieland, die unter dem wohlwollenden und großzügigen Herzog Carl August in Weimar ohne Unterwürfigkeit Anstellung und Verdienst fanden. Selbst der von Schubart verehrte schwäbische Dichter Balthasar Haug, ein anerkannter Gelehrter, hat 1762 eine speichelleckerische Schrift über den »Zustand der schönen Wissenschaften in Schwaben« veröffentlicht; darin wird der

Herzog Karl Eugen als »Protektor« gefeiert und die Situation der Dichter in Württemberg als besonders günstig geheuchelt. Haug wurde dafür mit einer Stelle am Ludwigsburger Hof belohnt. Und die Wirkung einer fürstlichen Gnadensonne scheint sich Schubart auch dann noch erhofft zu haben, als er in Amt und Würden eines Schulmeisters war.
Wie sehr der Poet als Narr von Hofleuten oder reichen Bürgern galt, zeigt die Anekdote, die Hegel über den von Schubart angehimmelten Klopstock erzählte: »Klopstocks Verleger in Halle bezahlte ihm für den Bogen der Messiade 1 oder 2 Taler, glaub' ich; darüber hinaus aber ließ er ihm eine Weste und Hose machen, führte ihn, so ausstaffiert, in Gesellschaften umher, um bemerkbar zu machen, daß er sie ihm angeschafft habe« (mitgeteilt von Gustav Hauff).
Im Herbst 1763 befiel Schubart die trübselige Einsicht, daß es mit dem Vakanzleben auf jeden Fall ein Ende haben müsse und eine Anstellung anzustreben sei, ohne daß er auf einen musisch gesonnenen Mäzen rechnen könne. Seinem Vertrauten und Schwager Böckh schrieb er:

»Wie schwer ist's in der Welt, sich Gönner zu erwecken!
Zwingt mich ein trauriges Geschick,
Wie Satans Bild, krumm schleichend Staub zu lecken?
Grausamer Weg zu meinem Glück!«

Das alte Schulhaus in Geislingen

Die Leibesstrafen der Verbrecher. Aus dem
Orbis pictus

3.

Wie man den Schulstaub aufwirbelt, ohne darin zu ersticken

Der arbeitslose Theologiestudent und Aushilfsprediger lag seinem Vater jahrelang auf der Tasche, und als die Situation unerträglich wurde, mußte er sich nach einer schlecht bezahlten Lehrerstelle umsehen. Der Lehrer war damals weniger eine Säule des Staates und eine Autorität als vielmehr ein Büttel und Faktotum der bürgerlichen Kreise, kaum ihr Mitglied, eher ihr Handlanger. Tapfer lügt Schubart später die demütigende Arbeitssuche hinweg, wenn er in seiner Lebensbeschreibung sagt, er habe »einen Ruf« erhalten. Tatsächlich mußte er sich nämlich sehr abstrampeln, um im Herbst 1763 in Geislingen an der Steig als Schuladjunkt, Organist und Prediger eine Anstellung zu finden. Die Ortschaft gehörte zum Gebiet der reichsunmittelbaren Stadt Ulm, unterstand ihr verwaltungsmäßig als Obervogtei. Sie hatte damals rund 1500 Einwohner (die Schubart bald zu einer Ansammlung von Nullen erklärte). Das Inventar der Autoritäten bestand aus einem »Gericht« (dem Stadtrat) mit drei Bürgermeistern, einem Obervogt (vom Ulmer Adel), einem Visierer und einem Oberzoller für die Heerstraße; hinzu kamen der Turn- und Taxissche Postverwalter, ein Physikus, ein Chirurgus, ein Apotheker und zwei Geistliche. »Voll Widerwillen und mehr als einmal entschlossen, mich in die weite Welt hinein zu werfen und von ihr die Entscheidung meines Glücks zu erwarten«, begab er sich in den kleinen Winkel, in dem er isoliert und von drükkendsten Pflichten gepreßt war. Als Lehrer mußte er täglich rund neun Stunden 120 bis 150 Schüler in der deutschen und der Lateinschule unterrichten, in der Kirche hatte er die Orgel zu spielen und auf dem Friedhof zu parentieren, d.h. die musikalische Begleitung von Leichenbegängnissen zu gestalten. Hinzu kamen einige entwürdigende Dienste: zur Weihnachtszeit mußte er (wie weiland Luther) mit seinen Schülern eine Woche lang herumziehen und von Haus zu Haus betteln (das Currendesingen), bei festlichen Gelegen-

heiten mußte er den Honorationen per Gesang die »Weinverehrung« machen. Sein Gehalt hatte er mit dem ausgedienten Schullehrer zu teilen. Zwölf Jahre nach seiner Anstellung in Geislingen rückte er in seine *Deutsche Chronik* eine satirische Anzeige ein, die wohl seine eigene Situation in Geislingen genauestens beschreibt: »Nachricht. Welcher Magister hat Lust Schulmann in – zu werden? – Er muß gut Latein, Griechisch und Hebräisch verstehen; auch etwas Französisch und Italienisch. Im Christentum, Rechnen, Schreiben, Zeichnen, Historie, Geographie, Feldmessen muß er Meister sein. Informieren darf er nicht mehr als Tags 12 Stunden, daneben kann er sich noch mit Privatstunden was verdienen. Da man den Organisten mit ihm ersparen möchte; so wärs gut, wenn er die Orgel spielen, gut geigen und den Zinken [die Posaune] auf dem Turm blasen könnte. Den Geistlichen assistiert er zuweilen im Predigen und Catechisieren. Weil er die Leichen hinaussingen muß, so muß er eine sehr gute Stimme haben. Seine Besoldung besteht aus 100 Gulden an Geld, etwas Naturalien, freie Wohnung, 6 Ellen Krautland, freie Eichelmast und eine Miststätte vor seinem Haus. Den Rang hat er gleich nach dem Burgerstädtmeister, der gegenwärtig ein Gerber ist; ausser dem solls den Buben nicht erlaubt sein, ihn mit Erbsen zu schießen. Es wäre dem Magistrat sehr lieb, wenn der Kandidat ledig wäre. Der Vorfahr im Amt hat eine sehr häusliche und gottesfürchtige Witwe hinterlassen. Sie ist zwar schon eine Funfzgerin; kann aber doch noch lange leben –« (79. Stück vom 2. Okt. 1775).
Anscheinend ist ihm aus Aalen ein schlechter Ruf schon vorausgeeilt. Das Ulmer Religonsamt stellte Nachforschungen an, die »außgekommene Fama« betreffend, er sei »in pcto: viti: verfehlt«; das Amt ließ sich jedoch fürs erste beruhigen; doch blieb der Argwohn, der neue Schulmeister sei in sittlicher Hinsicht nicht ganz überzeugend. Dabei hatte er alles getan, um seine bürgerliche Reputation am Ort zum Besten zu bestellen: er hatte geheiratet, »eine geschickte und tugendhafte Jungfer, 19 Jahre alt, nicht allzureich, aber von einer Familie, die mein *Glück* auf die Zukunft vergrößern kann« – ausgerechnet eine Tochter des einheimischen Oberzollers, Helene Bühler. Der Rebell gegen die von Erziehung und Umgebung bestimmten Konformitäten heiratete sich bei den

örtlichen Honoratioren ein, spielte ein Soll an Anpassung vor, das er selbst keineswegs aushalten konnte. Als »Verbindung des Sturmes mit der Stille, der heurigen Torheit mit der abgekühlten Vernunft, der Anarchie mit der Ordnung« hat er diese Ehe später in seiner Lebensbeschreibung charakterisiert. Fortan wurde der Schulmeister von einem Schwiegervater und dessen Familie genauestens beobachtet und gemaßregelt, wenn er die Bahn der praktischen, nüchternen, streng aufgefaßten Solidität nur um ein Fußbreit verließ; der unfreiwillige Lehrer hatte einen ersten Zuchtmeister gefunden.

Sehr rasch schon beklagte er sich brieflich über die ehelichen Verhältnisse, fühlte sich in seinen literarischen Neigungen unverstanden, brach aus der verordneten Enge aus. Der alte Bühler beklagte sich 1765 schriftlich beim Obervogt über seinen Schwiegersohn: was er für eine »unanständig niederträchtige, ärgerlich verschwenderische, vor Gott und der Welt ohn Verantwortliche Lebens Art und Würtschaft führet«. Der Brief endet mit einer kriecherischen Ergebenheitsadresse an den Ulmer Beamten: »Euer Wohlgeborn und Gnaden meinen gnädig hochgebietenden Herrn, unterthänigst gehorsamster Knecht Johann Georg Bühler, Zoller«. Der Denunziantenbrief des Schwiegervaters scheint seine Wirkung verfehlt zu haben; doch die Ehe des Originalgenies und Rebellen blieb eine tumultuarische Angelegenheit. Zwei Jahre nach der Anzeige schrieb Schubart an seinen Schwager Böckh: »Ich habe keinen Freund, keinen Rat, keinen Umgang, keine Freude, und bin dagegen mit Auflauerern, mit List, Haß und Verfolgung umgeben. Der Geist der Vertraulichkeit ist aus meinem Hause gewichen und ich muß, wider meine Neigung, falsch sein. Mein Weib (. . .) haust mit ihren Eltern, die, so lange ich in der Schule bin, in mein Haus stürmen, wider mich konspirieren, meine Briefe erbrechen, Bücher, von welchen sie vermuten, daß sie noch nicht bezahlt sind, wieder fortschicken, meine Buchhändler und Buchbinder warnen, mir keinen Kreuzer zu kreditieren, meine sauer verdienten Gelder selbsten einnehmen und damit schalten und walten wie sie mögen!« Später malte er das düstere Familiengemälde in noch schwärzeren Farben, wobei er oft auf krasse Weise übertrieb.

Die Biographen halten sich an dieser Stelle regelmäßig mit ausführlichen Bemerkungen zu Schubarts Charakter auf. Nicht der innere Zwiespalt eines jungen Mannes wurde gesehen, dessen Neigungen einer in hausväterlichen Pflichten sich erschöpfenden Alltäglichkeit zuwiderliefen, sondern ein eilfertiges, protestantisches Vorurteil gepflegt. So etwa der Pfarrer Gustav Hauff: »(. . .) wie schon der Aufenthalt in Nürnberg beweist, übersieht er die verschiedenen glücklichen Fügungen in seinem bisherigen Leben, er vergißt, daß die Schwäche seines Willens, seine leichte Bestimmbarkeit und Verführbarkeit in unheilvollem Bunde mit der allerdings überwiegend ungünstigen Anlage und Entwicklung seines äußeren Schicksals stand. Sinnlichkeit und Einbildungskraft überwogen bei ihm Verstand und Willen; hinter unüberlegten Entschlüssen hinkte die Reue zu spät einher. Dieser Mangel an verständiger Überlegung zeigt sich (. . .) als Fatalismus, als Prädestinationsglaube, bei dem die sittliche Freiheit zu kurz kommt. Er gehörte zeitlebens zu den problematischen Naturen, die keiner Lage gewachsen sind, in der sie sich befinden, und denen keine genug tut. Daraus entsteht der ungeheure Widerstreit, der das Leben ohne Genuß verzehrt.«
Gegen solche klamme Moraltheologie hatte sich Schubart schon in Geislingen ausdrücklich zur Wehr zu setzen. Zornig nannte er sich »den Sklaven zweier tyrannischer Pfaffen«; den Schülern diktierte er einen Neujahrswunsch, dessen lose Frechheit offensichtlich weit und breit gefiel, von Ulmer Studenten verschärft wurde und ihm in dieser Fassung einen Verweis eintrug. Als einer der Ortspfarrer ihn in der Schule zurechtgewiesen und mit den Worten geendet habe: »Es ist schon recht«, habe, so berichtet die Anekdote, Schubart eine Stilübung mit dem Vers angefangen:

»Es ist schon recht; es ist schon recht,
Also sprach der Pfaffenknecht.«

Bei anderer Gelegenheit hätten ihn im Wirtshaus einige Geistliche befragt, was er zum Predigtthema des nächsten Sonntags, den Hauptmann von Kapernaum betreffend, zu sagen habe. Schubart dichtete, ohne zu zögern, das spöttische Epigramm:

»Du Hauptmann von Kapernaum,
Schlag diesen Pfaffen lahm und krumm,
Und schlägst du ihm die Rippen ein,
So sollst du Oberstleutnant sein.«

Von seiner Geislinger Schulzeit an haben Schubart die Theologen nicht mehr losgelassen. In seiner Lebensbeschreibung hat er selbst festgestellt: »Es war überhaupt von mir die sträflichste Unklugheit, daß ich mich, aus einem gewissen inneren Widerwillen, nie mit der Geistlichkeit vertragen wollte. Ich bedachte nicht, daß sie fast überall, zum Teil auch in protestantischen Landen, eine furchtbare Kette bilden; man darf nur ein Glied zum Zorne entzünden: so glühen gemeiniglich die übrigen Glieder der großen Kette alle.«
In seinen Schuldiktaten, mit denen er den Kindern die deutsche Sprache beibrachte, bietet er hinter einem Vorhang aus Ermahnungen zu Tugend, Rechtschaffenheit und Ehrbarkeit höchst unkonventionelle Vorschläge an. Er hintertreibt geradezu die lehrhaften Absichten, in die seine Texte eingekleidet sind, durch satirische Einfälle und witzige Kapriolen. Er benutzt die Form des Briefstellers, der Unterweisung, wie man auf richtige Weise schriftlichen Kontakt mit anderen herstelle, zu kapriziös-eleganten Finten oder derbkräftigen Schlägen gegen die Anforderungen seines Amts, die Stupidität des Unterrichts und die mahlende Gleichförmigkeit der Pflichten. Er erfindet ein komisches Namensregister von Adressaten und Schreibern: Friederich Witzkopf, Jakob Lustig, Michel Schwermaul, Michel Luft, Joseph Ehrlich, Christoph Faulholz, Jörg Quecksilber, Jakob Schnapper, Hans Rutscher usw. Den ABC-Schützen diktiert er eine Abhandlung über die Frage, »ob ein Schüler manchmal mit gutem Gewissen eine Schule versäumen könne?« Säuberlich führt er dafür fünf Gründe auf, wobei er diese pedantische Gliederung sofort wieder vergißt und sich fast ausschließlich dem sozialen Aspekt zuwendet: »Der Reiche kommt durch sein Geld fort, aber durch was sollen dann die Armen fortkommen? Ist es nicht ein Jammer, wann man einen armen Knaben sieht, der weder lesen noch schreiben und kaum das Vaterunser recht beten kann und dem der Hunger und die Dummheit zugleich aus den Augen heraus sieht? Verachtet

von jedermann, verschmäht und verworfen muß er sein Brot vor der Tür suchen, und wann ihn Krankheit und Alter drückt noch froh sein, wann er als ein Scheusal mit Bettelfuhren im Lande herumgefahren wird und wie ein armer Sünder sein Leben auf einem Karren endigen kann. O meine lieben Kinder, Gott bewahre euch vor Armut, aber noch weit mehr vor Dummheit.« Von der Seele weg lief es ihm, wenn heitere Angelegenheiten, weltliche Freuden das Thema waren; da konnte er seinen Übermut kaum bremsen. Den Schülern diktierte er folgenden Brief:

»Mein lustiger Freund,
He! was Neues! es kommt etwas! Etwas Schönes!
etwas Lustiges!
etwas Fröhliches, etwas
zum Tanzen, zum Springen,
zum Lachen, zum Singen,
zum Geigen und Blasen,
zum Schreien und Rasen,
zum Essen, zum Trinken, zur Lust,
Es hüpfet voll Freude die Brust.
Nur noch ein Tag und wieder ein Tag und noch ein Tag, und noch einer und wieder einer, und einen drein – Hopsa! da kommt sie! – und was dann, närrischer Kerl? Was sonst als die Kirchweihe! Schon flattern die Bänder auf dem Hut; schon hör ich des Schochen [Sohn des früheren Kantors] Baßgeige brummen; schon sind wir auf dem Bau [dem Festplatz]; schon springen wir wie die Geißböcke. Schon – doch ich kann vor Freuden nicht reden. Komm du nur selber zu uns und bring ein paar neue Schuh, einen vollen Geldbeutel und einen fröhlichen Mut mit. Wie froh bin ich, daß ich jung bin! Da müssen die alten Männer bei ihrer Brille zu Haus bleiben und die alten Weiber müssen ihre Pelze hüten, und wir – Ei, guten Morgen ihr Graubärte, gebt uns Geld, daß wir brav tanzen können. Man ist nur einmal jung, und wann die Knochen steif werden, da hol der Henker das Tanzen. Gute Nacht, lieber Fritz, schlaf wohl und komm bald zu

Deinem fröhlichen
Freund
Hans Juchhe.«

Diese Schuldiktate in Briefform verstand er als eine »schriftliche Unterredung mit einer abwesenden Person«. Er hielt sich nicht mit Gratulationsschreiben, Rekommendations- und Handlungsbriefen auf, sondern spielte den Schülern, meist in ihrer Rolle und in ihrem Namen, ihre Schulfeindschaft und ihre kindliche Lust zum Ausreißen vor. Zwar ist alles ins Gewand der Ermahnung gekleidet, aber darunter lugte der Schalk, der Witz, die Spottlust hervor. Als er in die Schulhefte eine Neujahrsbotschaft an die Eltern diktieren soll, parodiert er diese Anstandspflicht durch übertriebene Ehrerbietung und Dankbarkeit: »So viele Wohltaten, so viele Elterliche Treue und so viel Huld und Güte, die nicht nur in dem verflossenen Jahre, sondern die ganze Zeit meines Lebens von Ihnen auf mich geflossen sind, machen mich ganz unfähig, alles das zu sagen, was ich bei dem Antritte eines neuen Jahres empfinde.« Was die Schüler von der Schule halten, sprach er in einem Diktat offen aus: »Lieber Bruder, Heute ists mir als wann ich Wespen im Hintern hätte. Dann denk nur! Da soll ich in der Schule sitzen und Feder fuxen, da doch auf dem Markte etwas Lustiges zu sehen ist. Es ist nemlich ein Gaukler hier, welcher mit verbundenen Augen auf einem Seile tanzen und trummlen kann, der seinen Leib so schwinket und drehet, daß man meinet die Rippen sollen ihm zerbrechen. Heute macht er seine Gaukeleien auf einem Seil und ich soll nicht dabei sein? Man sollte einem jungen Menschen weit mehr Freiheit lassen, dann wann er ein alter Knaster ist, so ist's Zeit genug, daß er Runzelen schneidet und vor allen Freuden vorüber gehet. Aber jetzt, da ich noch jung bin, die Hosen auf dem Schulbank verrutschen; beim Henker! Das ist nicht auszustehen.« Sich selbst beschrieb er in diesen Diktaten als einen mit Liebe und Verständnis ausgestatten Freund, bisweilen auch als eine überforderte Galionsfigur der Erwachsenen, als gutmütigen Trottel, den man ausnutzt. Wann hätte sich je ein Pädagoge im Unterricht auf so drastische Weise selbstironisch beschrieben wie Schubart in folgender »wahrhaftiger Fabel«:

»In Africa ist ein Tier mit Namen Plimpplamp, von ganz wunderbarer Art. Es hat keine Galle, keinen Magen und doch einen vortrefflichen Tier-Verstand. Es arbeitet von Morgen bis zum Abend und reiniget den Wald von allem

Kote, den die jungen Bestien schmeißen. Wann es nun genug gearbeitet hat, so riecht es dreimal in den Wind, und lebt also würklich von der Luft. Es ist so geduldig, daß es sich ganz gelassen von allen wilden Tieren ins Gesicht pissen läßt. Es ist immer hungrig und frißt doch nichts; immer durstig und trinkt doch nichts; es arbeitet beständig und hat Dreck zum Lohne. Es hat ein gutes Gesicht und sieht doch nichts; einen scharfen Geruch und riecht doch nichts. Es ist im ganzen Wald das nützlichste Tier und wird doch von den andern Tieren für das schlechteste gehalten. Dieses arme Tier hat in seinem ganzen Leben nur einen einzigen glücklichen Tag, nämlich den Tag – wann es verreckt. Was muß das doch für ein Tier sein? Hm! Was sonst als ein verwandelter Schulmeister, wenigstens sind unsre Schulmeister die Moral zu dieser Fabel.«

Ein Heimatforscher hat diese Schuldiktate, die sich wie ein Wunder über viele Generationen hinweg in Heften ehemaliger Schüler Schubarts erhalten haben, der familiengeschichtlichen Verborgenheit ihrer Überlieferung entzogen. In ihnen kommt ein Pädagoge zum Vorschein, der seine Autorität dazu nutzt, um mit Komik und Witz deren Sabotage zu betreiben. In einer Stadt, deren provinzielle Enge die moralischen Vernünfteleien der Aufklärung neben der strengsten pietistischen Weltfeindschaft bewahrt haben muß, schreibt und redet sich Schubart über die Grenzen hinweg. Was wohl die Eltern davon gehalten haben, daß der Lehrer ihren Kindern z. B. folgende Schulsatire ins Heft diktierte:

»Hochgeehrtester Herr,

Hier hat sich folgende Neuigkeit zugetragen. Ein Schäfer entdeckte auf dem Geiselstein ein Loch, und als er hineinstieg, so fand er eine eiserne Kiste, worinnen folgende Kostbarkeiten sich befanden:

1. 100 geschnittene Federn, welche Alles selbst schön und orthographisch schreiben können.
2. Eine Brille, durch welche der dummste Mensch Alles lesen kann.
3. Ein pulverisierter Menschenverstand, den man wie Schnupftabak in das Hirn hinaufziehen kann.
4. Etliche Gläser Gedächtnißtropfen, womit sich Diejeni-

Die Schule. Aus dem *Orbis pictus*

gen, welche ihren Catechismum, ihre Sprüche, Lieder nicht auswendig lernen wollen, alle Morgen und Abend um die Schläfe schmieren müssen.

5. 3 Dutzend Feldteufel in Futteralen, welche die bösen Buben bei den Ohren schütteln, wann sie gottlose Streiche anstellen.
6. 10 gestankvertreibende Salbe, womit sich diejenigen schmieren können, die das ganze Jahr wie die Böcke stinken.
7. Ein Stimmhammer, womit man diejenigen Hälse stimmen kann, welche rauhe Eselsstimmen haben.
8. Ein Hobel, womit man alle groben Flegel hobeln kann.
9. Ein Zauberspiegel, worin man alle Tagediebe, Fresser, Flucher, Unflätige und Dummköpfe erkennen kann u.s.f.

Diese und andere Raritäten sind allhier in Geislingen um billige Preise zu haben. – In unserer Schule könnte man sie wohl brauchen, wann nur das Geld nicht so klemm [rar] wäre. Ich verharre

Dero ergebenster Diener
Doktor Niklas Quacksalber.«

Der Text persifliert nicht nur die Schüler, sondern auch die Vorstellung, man könne ihnen mit starren Regeln beikommen; in den Spott mischt sich die Satire auf die Vorstellung, Erziehung sei etwas wie ein Patentrezept. Die Leviten, die der Schulmeister liest, betreffen auch die normierten Vorschriften, nach denen er vorgehen soll. Anscheinend ist in den erhaltenen Diktatheften keine Korrektur zu finden; Schubart hat die kindlichen Fehler wohl nicht verbessert, sondern nur zur Übung, zum Spaß und ohne Noten-Not diktiert.
In Gedichtform wendet er sich gegen den Krieg; das später sehr häufig erörterte, mit leidenschaftlichem Furor behandelte Thema wird hier komisch verdreht:

»Schiesen möcht ich hören,
wann die Kugeln noch
Leberknöpflen wären:
gäb es doch kein Loch.
Säbel sind ein Grauen,
Spiese sind ein Wust.
Mit Bratwürsten hauen
Das ist meine Lust.
Solche Krieg sind schöner
Die ergözen uns
Nun ich bin
Dein Diener
... Michel Blunz.«

Dem Grundsatz, daß die Faulheit die Quelle allen kindlichen Übels sei, wendet sich Schubart mit besonders hintersinnigem Eifer zu. Zwar tritt irgendwann in jedem dieser Texte die Moral in ihr Zeigefinger-Recht, aber auf die Nichtstuerei fällt fast immer eine heiter-freundliche Sonne, als handle es sich um eine wärmende Annehmlichkeit des Lebens. Zur Probe ein Diktat, das am Ende von Schubarts Geislinger Lehrer-Laufbahn steht, gleichsam ein hinterlistiges Abschiedsgeschenk an Schüler und Eltern:

»Hochgeehrtester Herr Vetter,
Aus Ihrem leztern sehr werthen Schreiben ersehe ich, daß Sie zu wissen verlangen, was vor eine Profession ich zu erlernen gedenke? Es wäre mir lieb, wann ich Ihnen gleich eine

gewiese Anwort ertheilen könnte. Aber ich und meine Eltern haben uns bißhero noch zu nichts entschliesen können. Die Handwerksleute in Geißlingen hoken so dik aufeinander, daß man sich nicht unter sie dringen kan, ohne fast erdrükt zu werden. Hier sind etwann 1500 Menschen, groß und klein, Einheimische und Fremde, unter dieser geringen Anzahl befinden sich folgende Handwerksleute und Professionisten:
28 Holz- und Beindrechßler, 20 Schumacher, 15 Schneider, 20 Beken, 30 welche im Feuer arbeiten, als Kupfferschmiede, Huf- und Nagelschmiede, Messerschmiede, Waffenschmiede, Zinngieser und dgl., 7 Schreiner und 3 Zimmerleute, 5 Küfner und 4 Kübler, 4 Glaßer, 1 Buchbinder, 4 Maurer, 7 Sailer, 5 Weißgerber, 14 Tuch- und Zeugmacher, 7 Rothgerber, 6 Sattler, 6 Sekler, 10 Mezger, 4 Strumpfweber, 2 Huthmacher, 2 Büchsenmacher, 2 Kürßner, 8 Leinenweber, 5 Merzler [Viktualienhändler], 2 Wagner, 3 Spindlendräher, 2 Ölschlager, 2 Hafner, 1 Nadler, 17 Wirthe, 8 Müller. Dann diejenige Leute, welche eine Kunst oder Profession erlernt haben oder sich der Handelschafft gewidmet als:
1 Apotheker, 9 Kauf- und Handelsleut, 2 Lakierer, 3 Zuckerbacher, 5 Baader, 2 Bordenmacher, 3 Färber, 1 Papiermüller, 2 Gärtner, 2 Druker.
Doch, wer wird alle diese Leute zusammenzehlen? Genug, daß Sie darauß sehen können, wie schwehr es unter einer solchen Menge von Arbeitern halte, sein Auskommen zu finden. Daher geht es auch unsern Handwerksleuten so hart, daß sie kaum die Woche einmal ein christliches Räuschlein trinken können. Doch sind noch verschiedene Handwerksleute übrig, die man allhier nicht antrift, als: Goldschmiede, Zirkelschmiede, Gürtler, Knopfmacher, Marner [Grautucher], Veilenhauer, Plechler, Bürstenbinder, Siebmacher u. dgl.
Schreiben Sie mir also mit nächster Gelegenheit, zu was ich mich entschliesen soll. Ein Handwerk, wo man sich doch nicht so gar plaken darf, wäre mir das Liebste. Leben Sie wohl. Ich verbleibe

Dero ergebenster Diener
Jakob Faulholz.«

Das Schulmeisterlos taucht als der Inbegriff der Qual, die einem Menschen zugefügt werden kann, in Schubarts literarischen Arbeiten immer wieder auf. In den *Zaubereien* (Ulm 1766) erzählt er die Geschichte des Ixion weiter: Der mythologische Held, wegen seiner Vergehen im Tartarus an ein feuriges Rad gebunden, das sich unaufhörlich dreht, wird vom gnädigen Zeus unter der Bedingung freigelassen, daß er »in Menschengestalt das weiche Herz der sterblichen Jugend zu bilden« habe. Der aus der Unterwelt Entlassene kommt aber als Lehrer in größere Nöte, als sie die Hölle jemals zu bieten hat: »Anderthalb hundert Knaben, die ihm, wie ebensoviel Furien, zischende Geißeln auf den blutigen Rücken hielten, cloak-mäßiger Gestank, vor dem sich die Sinnlichkeit empörte, junge Tiger in halbmenschlicher Bildung, die Klauen der Eltern, welche sie, wie Löwen, hervorreckten, so oft ihre Kinder die verdiente Rute der Zucht fühlten, Vorurteile der Erziehung, die wie stygisches Dunkel auf dem Staate lagen, ein rang- und titelloses Leben, der Hunger, der aus einer Wolke von Schulstaub hündisch die leeren Zähne blökte, die Schmähsucht, die in Schlangengestalt seinen Tritten nachkroch, herkulische Arbeit bei teuflischem Undank erfüllten nun die Tage, durch die Ixion wie von einem eisernen Rad umhergetrieben wurde.« Der gepeinigte Schulmeister flieht zurück in die Hölle, sucht erneut das mythologische Verhängnis vor dem realen und läßt sich wieder aufs Rad binden. Ein Bild wie eine Obsession: die eigentliche Hölle ist auf Erden eingerichtet.

Die »algierische Sklaverei« der Schule hat seinen Widerwillen gegen den verordneten Zwang nur verstärkt. »Er konnte sich an keine bestimmte Zeit binden und litt, wie Lessing, an einer unüberwindlichen Amtsscheu«, notiert Gustav Hauff. Schubarts Sohn Ludwig berichtet, er habe sich einmal für mehrere Tage in die Einsamkeit der Umgebung zurückgezogen und wie ein Eremit gelebt. Er selbst schreibt: »Ich wünsche mir oft Rousseaus Wälder.« Die Möglichkeit zur inneren Emigration jedoch boten die Bücher. In autodidaktischen Studien holte er nach, was er an der Universität versäumt haben mochte. »Wo ich ging und stand und saß und wandelte, da begleitete mich ein gutes Buch. Ich fing nun an, die Wissenschaften systematisch zu studieren, und las deswegen das Gute der alten und jüngeren Welt. Der Lesegeist bemeisterte sich meiner Seele so, daß ich alles ohne Wahl und Ordnung verschlang, wie mir's unter die Hände fiel. Nur Leibnize sind fähig, so tumultuarisch zu lesen, ohne sich zu verwirren; aber Leuten von gemeinem Schlage ist nichts schädlicher als diese stürmische Methode.« Offensichtlich bemängelt er in der Rückschau, daß es ihm nicht gelungen sei, sehr zielgerichtet zu lesen und seine Studien zu betreiben, doch ist diese Aussage von der Absicht gefärbt, die Leser durch sein schlechtes Beispiel vor einem ähnlichen Lebensweg zu warnen, und verdient als kritisches Urteil kaum Beachtung.

Mehr noch als früher suchte er die Geselligkeit von einfachen Leuten: Handwerkern und Bauern im Wirtshaus. Sein Sohn Ludwig urteilte treffend und am genauesten: »Er ging von Jugend an teils aus Neigung, teils aus Absicht, mit allen Ständen ohne Unterschied um: mit Hofleuten, Damen, Geschäftsmännern, Soldaten, Gelehrten, Künstlern, Kaufleuten, Handwerkern. Die Gelehrten von Metier suchte er zu seinem gewöhnlichen Umgange am wenigsten auf, weil er sie gegen die übrigen Stände viel zu trocken, zu spröde und pedantisch fand. Sonderbar war es und beim ersten Blick unangenehm auffallend, daß er in allen Situationen seines Lebens eine sichtbare Tendenz beibehielt, sich mehr zu Niedrigern zu gesellen als zu Gleichen oder Höhern. Der Grund lag unstreitig darin: weil er sich hier oft Gewalt antun mußte, dort aber aller Zwang hinweg fiel.« Im Wirtshaus, in einer vertrauten und gelockerten Umgebung entstanden schon damals eine Reihe der leichten, fast schwerelosen Lieder, die, mit eigenen Melodien versehen, im Volksmund weitergetragen, zersungen und später als anonyme Volkslieder überliefert wurden. Diese Gelegenheitspoesie, oft vermischt mit bissigen Episteln über die Höheren und die Geistlichkeit, ist leider zu einem großen Teil verlorengegangen, da sie, Produkt bezwingender Spontaneität, kaum aufgezeichnet wurden.

Schubart dichtete sie beim Wein, und als ihm sein Schwager ein Fäßchen davon schickte, antwortete er mit solchen lustigen Versen:

»Ich armer, durstiger Poet,
der fast aus Hunger betteln geht
und immer schwach und niemals satt
ein Chaos in dem Beutel hat.

Ein armer Mann, ein kranker Mann,
der hektisch vor dem Busen keuchet
und wie ein Greis am Stabe schleichet
und kaum die Rippe decken kann. –
Ein Knabe wie ein Pavian
der bietet mir nur alle Vierteljahre
mit kotichtem Gesicht und mit zerzaustem Haare
12 kupferrote Kreuzer an.
Ach Bruder! hier gebrichts
am Geld, des Menschen bester Kraft,
die aus den Eseln Dokter schafft –
Drum nehme nur vor deinen Rebensaft
Dies wenige! – – ha, Schwager! – Nichts.«

Er hat wohl hinreißend musiziert, wußte durch seinen Witz gefallen, meinte selbst, sein Bestes habe er mündlich gegeben, nicht in der Literatur. Aus seiner Zeit in Geislingen sind eine Reihe der heitersten Anekdoten überliefert, die das Originalgenie als einen Brauskopf und gewaltigen Trinker, als Spaßvogel und genialen Unterhalter beschreiben. Dennoch beklagte der Volksdichter immer wieder seine geistige Isolation in einer Gegend, die damals kaum Poeten aufzuweisen hatte: »Sagen Sie mir«, schrieb er an einen der wenigen, an den sehr verehrten Haug, »wie kann sich ein Kopf in Schwaben auszeichnen, der entweder Bauern katechisieren, Aktenstaub verschlucken, Uringläser beschauen oder Hunger leiden muß. Dieses namenlose Unding von hunderterlei Staatsverfassungen, die weder ein Montesquieu noch ein Real oder Bielefeld zu bestimmen wüßten; unsere hochweisen Herren und Obern, die mit einem Funken Menschenverstand die Glückseligkeit ihrer Bürger gründen wollen; höllische Vorurteile, die auf unregelmäßigen Staatskörperchen liegen; diese Centnerlasten drücken das Genie zu Boden und verstatten ihm nichts als die Freiheit, mit einem großen Seufzer zu sterben.«
Nach mehr als einem halben Jahrzehnt im »Schulstaub« fand sich eine Ausweichstellung: Musikus am Hof des Herzogs in Ludwigsburg.

4.

Ein Provinzler am Hof

»Tanz, Dekoration, Flugwerk, alles war im kühnsten, neuesten, besten Stile – und nun gute Nacht Geislingen mit deiner Einfalt, deinen Bergen, deiner Armut, deiner Geschmacklosigkeit, deinem Kirchhof und deinem Schulkerker!« Mit diesem emphatischen Schlußstrich verabschiedete sich Schubart in seiner Lebensbeschreibung von den sechs Jahren des Pädagogendaseins in der schwäbischen Provinz. Dabei war die Ludwigsburger Stelle eines Organisten und Musikdirektors bis zuletzt strittig geblieben. Als schon alles festzustehen schien, tauchte plötzlich ein unvermutetes Hindernis auf. An das Oberamt und den Magistrat von Ludwigsburg erging eine herzogliche Weisung, sich »der Umstände und des Lebenswandels des Praeceptor Schubarts in Geislingen genauer und zuverlässiger zu erkundigen, weilen verlauten wollen, als ob derselbe dem Trunk allzusehr ergeben wäre; sondern auch zu trachten, ob nicht zu diesem Dienst tüchtige Landeskinder ausfindig zu machen?« Hinter den Kulissen hatte sich ein Streit entzündet: der Spezial Zilling [d.i. der Dekan] wollte die Organistenstelle dem einheimischen Oberpräzeptor zuschieben, der Magistrat und der Oberamtmann Kerner [der Vater von Justinus Kerner] bevorzugten Schubart als einen Auswärtigen und einen durch seine Kenntnisse wie durch seine Fähigkeiten besonders ausgewiesenen Mann. Es war ein Kompetenzstreit um das Nominationsrecht zwischen weltlicher und geistlicher Behörde ausgebrochen. Zuletzt wurde er vom Herzog zugunsten der weltlichen Behörde entschieden, aber für Schubart blieb das ein Pyrrhussieg: er wurde fortan von Zilling mit dem allergrößten Mißtrauen beobachtet. Mitte 1769 teilte Schubart mit, er habe »nunmehro die Vocation« erhalten und angenommen. Er beklagte zugleich den akuten Geldmangel, zumal man sich für das Hofleben ausstaffieren müsse: »Sie wissen, daß ich seithero ein armseliges Einkommen gehabt habe und mich also kaum vor Schulden bewahren konnte. Meine ganze Ökonomie ist also nur so beschaffen, wie sie meine bisherigen Umstände einzurichten erlaubten. Meines Weibes Kleidertracht mag zur Zeit der Höchstädter Schlacht in Stuttgart unter den Hausjungfern endlich noch Mode gewesen sein – aber iezo! und in Ludwigsburg, wo der *Luxus* wie ein Waldstrom alles mit sich fortreißt! wo man den Mann nach dem Kleide beurteilt! – Welch eine Figur werden wir machen! Zwar hab' ich wohl Kleider, die der Demut eines Theologen zu statten kommen; aber als Politikus erscheinen! Miene, Tracht und Farbe eines Weltmannes annehmen! mich umkleiden zu einer Zeit, wo ich zu tun haben werde, die schweren Reisekosten zu bestreiten; – ist in der Tat, mein teurester Gönner und Freund, eine beschwerliche und nach meinen Umständen kostbare Metamorphose. Nach meinen jetzigen Grundsätzen habe ich mir vorgenommen, zwischen dem geistlichen und dem weltlichen Stande zu *balancieren*, damit mir der Übergang, entweder zur Rechten oder zur Linken, gleich leicht bleibe. Sie verstehen diese Hieroglyphe.« (an Haug 1769) Der schwierigen Aufgabe, den puritanischen Theologen unter Anführung des strengen Zilling inmitten eines sinnenfrohen, genußsüchtigen Hofes zu entsprechen, ohne ihre Ansichten zu teilen, war sich Schubart also durchaus bewußt. Doch sein Vertrauen in seine diplomatischen Fähigkeiten schien auf einer Selbstüberschätzung zu beruhen.

Der Musikus kam an einen Hof, der zu diesem Zeitpunkt wohl ein künstlerisches Zentrum Europas war. Karl Eugen, ein weit über die Verhältnisse des Landes regierender Despot, war vom Ehrgeiz besessen, die Garnisonsstadt Ludwigsburg zu einem Kleinversailles, zu einem strahlenden Mittelpunkt eines Duodez-Sonnenkönigtums auszugestalten. Der Herzog, elf Jahre älter als sein Untertan Schubart, war mit zwölf Jahren als Thronfolger benannt worden; in Berlin hatte man ihn unter dem spartanischen Regiment Friedrichs II. ausgebildet, mit 16 Jahren mündig gesprochen und einer Bayreuther Prinzessin verlobt. Die mit zwanzig aus dynastischen Rücksichten geschlossene Ehe ging zu Bruch, als Karl Eugen 1756 die Mätressenwirtschaft einführte. Der Herzog kämpfte gegen Friedrich II., wobei sich ein – für Schubart später sehr bedeutungsvoller – General Rieger bei der zwangsweisen Truppenausgebung durch seine Brutalität hervortat. 1764 hatte sich Karl Eugen, verfeindet mit den Landständen, aus Stuttgart nach Ludwigsburg zurückgezogen, um dort seine luxuriöse Hofhaltung zu betreiben. Der durchreisende Casanova schrieb: »Der Herzog war prachtliebend in seinen Neigungen; großartige Bauten, Jagdequipagen, herrliches Gestüte, Phantasien jeder Art. Mehr als alles andere aber kosteten ihm seine Theater und seine Mätressen. Er hatte französische Komödie, italienische ernste und komische Oper und zwanzig italienische Tänzer, von denen jeder auf einem der ersten italienischen Theater eine erste Rolle bekleidet hatte. Noverre war sein Choreograph und Balletdirektor; er verwendete zuweilen bis zu 100 Figuranten. Ein geschickter Maschinist und die besten Dekorationsmaler arbeiteten um die Wette und mit großen Kosten, um die Zuschauer zum Glauben an Zauberei zu zwingen. Alle Tänzerinnen waren hübsch und alle rühmten sich, den Fürsten wenigstens einmal glücklich gemacht zu haben. Die Hauptfavoritin war eine Venezianerin namens Gardella. Der Herzog ehrte sie öffentlich wie eine Prinzessin.« Karl Eugens glanzvolle Hofhaltung war verbunden mit einer gnadenlosen Ausbeutung seiner Untertanen. Dieser spätabsolutistische Herzog belohnte freilich nur die adeligen Damen fürstlich; die Mädchen aus dem Volk mußten sich, wenn sie von ihm schwanger wurden, »ein für allemal« mit 50 Talern als Abfindung begnügen. Casanova fährt fort: »Ich bemerkte bald, daß die große Leidenschaft des Fürsten darin bestand, *von sich sprechen* zu machen. Er würde gerne den Herostrat nachgeahmt haben, wenn er sicher gewesen wäre, dadurch eine der hundert Stimmen des Nachruhms zu beschäftigen. Die Subsidien, welche der König von Frankreich dumm genug war, ihm ohne Nutzen zu zahlen, reichten für seine Verschwendung nicht aus und er überlud daher sein geduldiges Volk mit Steuern und Fronden. Seine Narrheit bestand darin, daß er nach Art des Königs von Preußen herrschen wollte, während dieser Monarch sich über den Herzog lustig machte, den er seinen Affen nannte.«

Das erste Ludwigsburger Jahr verlief für Schubart wohl ziemlich ruhig. Er holte seine Familie, die in Geislingen geblieben war, in die Residenzstadt nach, obwohl sein Schwiegervater versucht hatte, durch Denunziantenbriefe den Ortswechsel zu verhindern. Er verhielt sich unauffällig, gab neben seinen offiziellen Aufgaben Klavierstunden, hielt vor interessierten Offizieren Vorträge über ästhetische Gegenstände. Er bemerkt, daß seine »Aufführung« keinerlei »Ahndung« verdiene: »Ich bin mir keiner Ausschreitung bewußt als einiger Dinge, die man hier zu Lande für Staatsfehler hält. Erstlich habe ich einmal in der Post eine Pfeife Tabak geraucht. 2tens im Concert mit einem Fernglas herumgesehen und 3tens legt man mir zur Last, daß ich mit zu viel Feuer in Gesellschaft rede und mich erfreche *zu urteilen*.« Da ist es wieder: das lose Mundwerk – vorläufig noch ungefährlich, aber doch schon beobachtet, vor allem wohl von seinem Vorgesetzten Zilling, an dem Schubart »eine gewisse beleidigende Gravität« bemerkte. Der allseits tätige Organist wollte Klopstocks verstreute Gedichte sammeln und dachte über eine Verbesserung seiner Lage nach. Höheren Orts empfahl er sich für verschiedene Tätigkeiten: »Zu einer Professur der schönen Wissenschaften in Tübingen. Zu einem Lehramt der schönen Künste an der Ludwigsburger Akademie, zur Aufsicht über einen Teil der herzoglichen Bibliothek oder endlich zu einer Stelle im Orchester. Die Wahl überlasse ich Serenissimo. Sollte mein Gesuch fehlschlagen, so suche [ich] auswärtige Beförderung in der Musik oder in der Literatur.« Das Gesuch stellt seine vielseitigen Fähigkeiten aus, ist diplomatisch abgefaßt; dennoch blieb es lange unerledigt. Schubart verhielt sich, ungeduldig auf Antwort wartend, nicht sehr geschickt, denn er beklagte sich anscheinend lauthals über die Verzögerung. Nach Aalen berichtete Böckh, daß sich sein Schwager »allein mit seinem Maul und uneingeschränkten Lebensart« alles verderbe. Der Antrag wurde nicht positiv beschieden; jedenfalls änderte sich nichts an Schubarts Lage.

Entzückt, hingerissen vom musikalischen Leben am Hof, hielt er sich in Gesellschaft von Künstlern »aller Art – Malern, Bildhauern, Maschinisten, Gärtnern, Baumeistern, Tänzern«. Der Unterricht bei den Klavierschülerinnen verlief nicht nur platonisch, und selbst bei adeligen Damen fing der Musiklehrer an zu schwärmen. In dieser »mit Giftstoffen geschwängerten Atmosphäre«, wie einer der moralinsauren Biographen, David Friedrich Strauß, bemerkt, sind die sozialen Schranken illusionistisch geöffnet; im geselligen Leben und bei amourösen Abenteuern vielleicht für Momente gar aufgehoben. Ein nichtsnutziger, schmarotzender Adel hält sich Künstler, läßt sie bisweilen an der gleichen Tafel speisen und in den gleichen Betten liegen. So hat es auch Goethes Wilhelm Meister bei einer wandernden Theatertruppe erlebt. Eine Sehnsuchtsepistel Schubarts galt einer vornehmen Schülerin: »Gestern bin ich bei der Frau von Türkheim gewesen und – Amor und alle Götter stehen mir bei – *ich* – ich armer Teufel soll ihr Lektion geben. So viel Geist, so viel holde Freundlichkeit, so viel Grazie, so viel entzückende Weiblichkeit hab' ich noch niemal *vereint* angetroffen. Alle Tage soll ich eine Stunde neben ihr stehen! ihre Aurorenfinger leiten! ihre holden Blicke die Noten verstehen lehren und auf ihren Marmorschultern den Takt geben! – Ein grausames, tantalisches Schicksal! Wie eine Alpenspitze mit der Sonne benachbart sein und doch mit Schnee bedeckt bleiben! Wer kann *das*? Wer muß nicht hier in sprudelndes Entzücken zerschmelzen?« Die Balance zwischen dem geistlichen Herrn Zilling und den Verführungen des Hofes war bald nicht mehr gewahrt. Der Musikus gab sich den Reizen vollständig hin – freilich nicht ohne selbstironische oder gar sarkastische Übertreibung seiner eigenen Rolle und seiner Willfährigkeit. An seinen sehr zu Ordnung und zum Ernst neigenden Schwager Böckh schrieb er im Februar 1771: »Hier ist alles in den gewöhnlichen Lustbarkeiten des Hofes ersoffen. Opern, Bälle, Capucinaden, Harlekinaden, Komödien,

> wo der Hanswurst den Gschmok des hochodeligen Publici
> mit verfluechten Stroachen, Zoten und Wortspieln
> vergnüegt, daß ma krepieren möcht –

Concerte, Pharotische, wo sich unser Originalwitz beschäftiget, den Schweiß unsrer Väter und unserer Gläubiger in Minuten zu zernichten; – das, liebster Freund, sind iezo unsere edle Beschäftigungen, und lachen muß ich über dich, wann ich dich im Geiste mit der Pelzkappe und einem abgelebten Pfeifchen am Pulte sitzen und mit der lächerlichen Arbeit beschäftiget sehe – Menschen zu bilden.
Ich bin nunmehro ein Hofmann! Stolz, windicht, unwissend, vornehm, ohne Geld und trage samtne Hosen, die, so Gott will, noch vor meinem seligen Ende bezahlt werden sollen.

Mit einer Miene also, kurzsichtig und frei, wie des Pilatus seine, lade ich dich und deine Frau und deine Kinder und deine Kostgänger und deine Mägde zum bevorstehenden Geburtstag [des Herzogs!] ein. Du wirst mich in einem neuen Logis antreffen, geypst, weit, modisch, hell, wie es sich vor einen Hofmann gehört. Meine Studierstube hat sich in ein Putzzimmer verwandelt, mein Pult in eine Toilette; meine Bücher hab' ich einem contrakten Schulmeister geschenkt, und statt des Tobaks kaue ich Lavendel. Ich freue mich von Herzen über das Privilegium: dumm und vornehm zu sein, und lache über euch Autoren mit der papiernen Unsterblichkeit.« Der Brief ist bisher als Zeugnis einer sittlichen Verderbnis unter dem Einfluß der »Sirene« Musik beurteilt worden; einer nicht moralisierenden Lesart erschließt er sich als Dokument einer ins Satirische überschießenden Laune: der Antibürger imitiert den Hof und parodiert sich dabei selbst. Er schreibt über sich wie über einen Hofnarren, der die Errungenschaften seines neuen Status als Komödie durchschaut. Verbunden mit einigen Galanterien, weckte dieser frivole Übermut den Geislinger Familien-Anhang aus seiner spießigen Ruhe wieder auf. Es wurde erneut das bürgerliche Ehedrama gespielt, und zwar in besonderer Zuspitzung: die Frau verschwand ohne Abschied samt Kindern aus Ludwigsburg, zerknirschte Reue des verlassenen Gatten, der trotz emphatischer Besserungs-Bekundungen sein Lotterleben weiterführt; Rückkehr der treulich sorgenden Frau und erneute Zerwürfnisse. Dann wurde Schubart für einige Zeit ins Gefängnis gesteckt zu eben jenem Grund, der noch heute wichtig ist: zur Besserung. »Rechts tobte eine Rasende, links rasselte ein Dieb mit seinen Ketten und unter mir sangen, heulten, fluchten und weinten die eingefangenen Huren, die damals Ludwigsburg zu einem wahren deutschen Lampsack machten.« An den verlotterten Adel traut sich die einheimische Geistlichkeit nicht heran; desto mehr muß der imitierende Untertan verfolgt werden. Zilling preßte Schubart Bekenntnisse voll triefender Reue ab, schickte ihn durch ein Wechselbad von Drohungen und geistlichen Übungen. Doch unabhängig davon fielen Schubart tatsächlich Schreckbilder von schwarzer Zerknirschung an, suchten ihn gleich Nachtmahren heim. Der religiöse Masochismus ist das Vexierbild

Karl Eugen und Franziska von Hohenheim, 1787

des Rebellen, der in sich den Widerspruch zwischen den Verhältnissen und den Wünschen austrägt, ohne ihn aushalten zu können. Überliefert ist die schreckliche Selbstanklage:

»Deine Freundschaft hört mit Abscheu deinen Namen nennen.
Ehrliebende Leute fliehen dich.
Bösewichter sehen deine noch größeren Greuel und hassen dich. (...)
Gedankenlosigkeit und Verschwendung verzehrt den Rest deines mittelmäßigen Kopfes.
Unordnung und Zerstreuung beherrscht dich von innen und außen.
Böses Gewissen nagt dich.
Vezweiflung nähert sich –
Ewigkeit und die Rache des Richters erwarten dich.
Stirb Verlorener!«

Dazwischen suchte Schubart wieder manch »schlüpfrigen Unterricht«. So den der angesehensten Mätresse des Herzogs, Franziska von Leutrum, der späteren Frau Karl Eugens; es sind viele Vermutungen angestellt worden, ob der Klavierlehrer seiner adeligen Schülerin zu nahe getreten sei und deshalb habe vom Hof entfernt werden müssen. Fest steht: der Organist in geistlichen Diensten ahmte die hohen Herren nach und nahm sich gar selbst eine Mätresse, freilich keine hoffähige Person, sondern eine Landsmännin: die Barbara Streicherin aus Aalen. Und weil er zudem »alle Amtsgravität, alle sinnige Bedächtlichkeit, alles Zurückhalten, jede kalte Miene, jeden Hochblick« haßte, war seine Stellung auf Dauer unhaltbar.
Zilling hat ihn exkommuniziert, wodurch wohl die Tätigkeit als Organist unmöglich wurde; wegen einer Satire auf eine Standesperson und einer Parodie auf die Litanei traf ihn der Bannstrahl des Serenisssimus. Er wurde seines Postens förmlich enthoben; an das Oberamt erging im Mai 1773 der herzogliche Erlaß, »dahero dem Schubart hievon die Eröffnung zu tun, mit dem Bedeuten, sich aus Unsern Herzoglichen Landen hienächstens unfehlbar zu entfernen.«

5.

Fortführung des Vakanzlebens

Mit nicht mehr als einem Taler in der Tasche verschwand Schubart schnurstracks aus der Residenzstadt, ohne Abschied. Ein einjähriges Reiseleben begann: unterwegs mit kaum mehr als seinem Talent zur Geselligkeit, seiner Virtuosenfertigkeit, seiner Spontaneität. Nichts ist aus dieser Zeit überliefert als der Bericht in der eigenen Lebensbeschreibung, und durch alle Bußfertigkeit und allen pietistischen Nebel hindurch schimmert noch die geheime Lust, wenn er bemerkt, er habe »die Livree der Witzlinge« getragen, sei »ein traulicher, aller Welt offener, sorgloser Wüstling« gewesen, bei allen »bacchantischen und trimalzonischen Festen« dabei und mit dem »geflügelten Ruf zum Herold« ausgestattet. Eine Existenz im anhaltenden Präsens: keine Spuren, keine Geschichte hinterlassend. In der Freien Reichsstadt Heilbronn, dem Zugriff des Herzogs entzogen und doch ganz in der Nähe von Ludwigsburg, hält er sich für einige Zeit auf, gibt Klavierstunden und spielt den Unterhalter, verbringt die Tage mit preußischen Werbeoffizieren, die seine »Liebe zu König Friederich dem Einzigen« beifällig aufnehmen. Er will nach Berlin reisen, aber er erhält ein Angebot, als Professor in Saarbrücken an einer geplanten Ritterakademie zu wirken. Ein Luftschloß oder eine Schnapsidee; er kommt bis Mannheim, findet Anschluß an kunstsinnige Kreise. Und er zieht weiter nach Heidelberg. Unterwegs schenkt er einem preußischen Invaliden die letzten Kreuzer, die er in der Tasche hat; es überrascht ihn der Regen, so daß er unterstehen muß. Er hört einer jungen Baronesse beim Klavierspielen zu, spielt weiter, als sie aufhört, begeistert seine unbekannten Zuhörer. So tritt er auf: halb fahrender Geselle, halb entlaufener Pädagoge, einmal mit leeren Taschen, ein andermal in der vierspännigen Kutsche, für jede Improvisation zu haben, am Rand der Gesellschaft. In Mannheim und Schwetzingen findet er Anschluß an den kurpfälzischen Hof, macht sich nützlich, ein Tausendsassa. Woran es fehlt: an einer dauerhaften Versorgung. Aber die findet er auch in Mannheim nicht; er legt sich nach-

einander mit der vom Regenten sehr geliebten Akademie und mit den Jesuiten an: »Ich machte gewaltige politische Ausfälle auf diese schwarzen Gesellen, die aber solcher papierner Blitze nicht achteten und mich dagegen mit bitteren Grimme verfolgten.« Dann spielt er den Gesellschafter eines gemütskranken Grafen. Darauf folgt er einem Baron nach München, wo er in das aufgenommen wird, was man »die besten Kreise« zu nennen beliebt. Dann darf er dem Kurfürsten vorspielen, berät einen Geheimrat in pädagogischen Fragen, weiß zu begeistern. Dabei fallen ihn immer wieder Schreckensbilder an: »Die Gemälde schienen mir zu gähnen, die Bildsäulen zu wackeln, die Tonkünstler zu heulen – ich riß mich aus der Stadt, sah das tröpfelnde Schwert auf dem Rabenstein liegen und den zuckenden Missetäter unter ihm; suchte Grotten, Höhlen, Gräber; – die Raben schienen auf mich herabzukrächzen, die Weihen [Raubvögel] sich über mir zu kreisen; Sturm war mir lieber als Stille und die Mitternacht angenehmer als der schönste, glanzreichste Wintertag. – Teuflische Gedanken schwärzten meine Seele: morde, daß man dich wieder mordet! Ersäufe dich in diesem Strome!« Schubart stellt sich in aller Vagabondage wieder einmal als einer dar, der sein Leben nicht aushält.
Die beruflichen Möglichkeiten, die sich abzeichneten, waren an eine Bedingung geknüpft: er mußte katholisch werden. Schubart schwankte lange, wurde aber dann einer Entscheidung enthoben. Erkundigungen, die man über ihn in Stuttgart eingeholt hatte, sprachen ein negatives Urteil. Unter diesen Umständen wurde er in München verabschiedet – ehrenvoll zwar und mit einem Geldgeschenk, aber unmißverständlich. Besonders gewertet wurde die Behauptung, »daß ich keinen heiligen Geist glaubte und vorzüglich deswegen das Württembergische habe räumen müssen«. Man kann vermuten, daß es schon damals eine ökumenische Gemeinsamkeit der Theologen beiderlei Religion gab: den philisterhaften Haß auf Leute vom Schlage Schubarts.
Schubart wollte weit weg – aus der ganzen deutschen Kleinstaaterei: Stockholm, Petersburg und Wien waren imaginierte Zielorte seiner Flucht. Er entschied sich für Stockholm – und kam fürs erste nach Augsburg. Dort stieg er in der Her-

»Da, braver Peuße, hast Du alles, was ich habe.« Der Vagant Schubart verschenkt seinen letzten Heller. Stich aus *Leben und Gesinnungen*

Schubarts Frau Helene

berge der Weberzunft ab, schrieb seiner Frau einen Brief, in dem er seinen Emigrationsplan vortrug und wartete auf Antwort. Bei den einheimischen Bürgern machte er sich beliebt, ein Buchhändler Stage kam zu ihm und erbat einen Artikel. »Mein Weib schrieb mir und bat mich wehmütig, sie nicht zu verlassen, nicht so in die Weite hinaus zu irren, sondern in der Nähe zu bleiben. Dies wirkte mehr als alle Beredsamkeit meiner neuen Freunde; und ich entschloß mich zu bleiben und einen Roman zu schreiben, den ich schon lange, beinahe ganz ausgeboren, im Kopf herumtrug. Blitzschnell schrieb ich einige Bogen nieder, dachte aber gar bald, wie langweilig dies Geschäft für mich und den Verleger werden müßte. Es war also nur wie eine Episode, daß ich ihm vorschlug, statt seines gescheiterten schwäbischen Journals ihm eine *deutsche Chronik* zu schreiben und den Zirkelbogen etwas weiter zu ziehen als in gedachter Zeitschrift.« Der entlaufene Theologe und Schulmeister, der verabschiedete Organist, der Gesellschafter Schubart hatte einen neuen Beruf: er war Journalist.

6.

Unversehens: Journalist im Hauptberuf

»Ich fing an, mit aller schuldigen Ehrfurcht vor dem Publikum – denn ich glaube nicht, daß jemals ein Schriftsteller ehrfurchtsvollere Begriffe von seinem Publikum gehabt hat als ich von dem meinigen – die ersten Blätter zu schreiben. Meine Absicht war erst auf Augsburg und Bayern, dann auf alle die von mir bereisten Gegenden, und endlich auf ganz Deutschland gerichtet. Der Beifall war weit größer als ich ihn unter den Umständen, in denen ich schrieb, erwarten konnte. Der Verlag stieg von Hundert zu Hunderten, ungeachtet ich selbst mit meiner Chronik am wenigsten zufrieden war. Ich schrieb sie – oder vielmehr diktierte sie im Wirtshause, beim Bierkrug und einer Pfeife Tabak, mit keinen Subsidien als meiner Erfahrung und dem bißchen Witz versehen, womit mich Mutter Natur beschenkt hatte.« Am 31. März 1774 erschien die erste Ausgabe der Zeitschrift, die dazu bestimmt war, »um den billigsten Preiß, auf jedem Postamte in Deutschland« gekauft zu werden (*Deutsche Chronik*, 1. Stück). Schubart wollte ein volkstümliches Blatt liefern, das politische Fragen mit literarischen und pädagogischen verband sowie durch das poetische Beispiel wirkte. Er war sich bewußt, daß er – »welche verschiedene Wünsche! welcher Geschmack!« – nicht nur mit den unterschiedlichsten Vorstellungen beim Publikum zu rechnen hatte, sondern auch mit den Bedingungen der Zensur: »Beinahe scheint's in Deutschland nach der *itzigen* Verfassung unmöglich zu sein, eine gute politische Zeitung zu schreiben. Bei jedem kühnen Gedanken, der dem Novellisten entwischt, muß er einen Seitenblick auf öffentliche Ahndungen werfen; dann wird er furchtsam und kalt. Daher der schläfrige Ton der meisten Zeitungsverfasser, der in schwülen Tagen so manchen Politiker im Großvaterstuhl in Schlummer wiegt.« (Vorbericht) Schubart ist unversehens am Ziel langjähriger Wünsche. Schon der Geislinger Schulmeister hatte sich mit Plänen für eine Zeitschrift getragen, hatte Beiträge für die am Bodensee erscheinende, auf den Stelzen altbackener Moral einherstolzierende Wochenschrift *Der neue Rechtschaffene* verfaßt. 1766 schrieb er an seinen damaligen Gönner Haug, es gehe ihm um ein Journal, für das er, in einen Winkel einer verdrießlichen provinziellen Einsiedelei gefangen, den Namen *Der Eremit* vorschlage. Wieland hat ihm die Mitarbeit an einem solchen Organ angetragen, seinen Schwager forderte der 28jährige zur Mitherausgeberschaft einer Monatsschrift auf. Aus alledem war nichts oder nur eine vorübergehende Beteiligung erwachsen.

Nun hatte Schubart mit 35 Jahren endlich einen Beruf, der Dauer und Einkommen versprach, aber schon bald bei ihm die Vermutung aufkommen ließ, er könne an den Aufgaben scheitern, die er so beschrieb: »*Den* Zeitungsschreiber möcht' ich sehen, der vors Publikum hinträte und mit Gewitterberedsamkeit spräche: Dieser Fürst legt seinen Untertanen unerträgliche Lasten auf; jener Staat verkennet die Grundgesetze der Menschlichkeit; dort klirren die Fesseln des schrecklichsten Despotismus; da leckt ein gieriger Selbstherrscher an den Grenzen einer friedsamen Republik; in jenem Freistaat ächzt der Freigeborene unterm Fußtritt des Archonten [Herrschers]; hier oder da oder dort schleicht der Aberglaube schwarz wie die Nacht und verbirgt den Dolch unterm Priestergewande.«

Schubart veröffentlichte jede Woche zwei Ausgaben, von denen jede mindestens einen halben Bogen (acht Seiten) Umfang hatte. Diese Erscheinungsweise behielt er über alle Fährnisse hinweg bei, solange er eben die Zeitschrift selbst schreiben konnte. Die Auflage war zunächst wohl relativ klein; 1775 wurden nach Mitteilung des Verfassers 1600 Exemplare verkauft, doch wanderte sie durch viele Hände, zumal die Zeitschrift in Schwaben ziemlich konkurrenzlos dastand. Der Leserkreis ist ständig gewachsen – eine Wiederholung des Vorgangs trat ein, als Schubart, aus der Asperg-Haft entlassen, 1787 die Arbeit wieder aufnahm. Ihre Lebendigkeit bezog die *Chronik* aus dem Temperament ihres Verfassers, aus seinem Witz, seiner satirischen Schärfe, aber auch aus seinem Pathos und seiner Sentimentalität. Die Wirksamkeit der Zeitschrift beruhte überdies auf einer klugen Verbindung mehrerer Typen von Informationsorganen: Schubarts *Chronik* ist geprägt von der moralischen Wochenschrift, die unter pädagogischen Vorzeichen durch lehrhaftes Beispiel, sinnreiche Fabel, kluge Anleitungen Einfluß nehmen will, erweitert sie jedoch um politische Themen; er lehnt sich auch an die – schon damals gebräuchliche – Zeitung an, entledigt sein Blatt jedoch des Bei- und Füllwerks wie amtlichen Verlautbarungen, fremden Berichten und Anzeigen größerer Art; außerdem übernimmt er einzelne Formen aus dem sehr populären bäuerlichen Kalender. Der Reichtum der Darstellung beruhte auch auf der Vielfältigkeit der Muster: Kommentare und Berichte, Fabeln, Gedichte, Anekdoten und Dialoge wechseln einander ab.

Ein Unternehmen, das – ohne größere Mittel und Möglichkeiten der Recherche – ganz auf ein journalistisches Individuum gestellt war, mußte gegenüber ihrem unbestreitbaren Vorzug an Teilnahme, Urteilskraft und Spontaneität auch einen gewichtigen Nachteil in Kauf nehmen: häufige Falschmeldungen. Sie waren unvermeidlich, da der Verfasser oft nur über Gerüchte und weniger über Tatsachen verfügte. Schubart hat die Schwierigkeiten seiner Arbeit ziemlich genau vorausgesehen; er mußte und wollte die Verschwiegenheiten der Höfe darstellen und wußte, daß es sich dabei um undurchdringliches Herrschaftswissen handelte: »Die Staatsgeheimnisse, wovon itzt unsere Zeitungen in lauter Hieroglyphen sprechen, gehen mich so lange nichts an, bis sie sich von selbsten aufklären. Itzt sind sie noch ein heiliges Dunkel, in welches nur geweihten Augen zu blicken erlaubt ist.« Diese unwirsche Bemerkung findet sich bereits in der zweiten Nummer der *Chronik*. Er mußte viele Nachrichten, vor allem »auswärtige«, von Korrespondenten beziehen, war auf deren – durch kein verbindliches Ethos geforderte und keine Schulung erwiesene – Fähigkeit zur genauen Darstellung angewiesen. Fast jede dieser 700 bis 900 Seiten, die ein Jahresband füllt, hat er selbst geschrieben oder aus eingesandten Materialien formuliert; gezeichnete Artikel aus fremder Hand finden sich nur von seinem Sohn Ludwig, von Matthias Claudius und Christian Ludwig Neuffer, von seinem Freund Miller, einem Dozenten der herzoglichen Eliteanstalt, der Carlsschule, sowie von einem – heute leider völlig vergessenen – Lokaldichter, dem Hutmacher Städele aus Memmingen.

Schubart hat später, im Rückblick, einen journalistischen Katechismus formuliert; er listet dort »Tugenden« und Ansprüche auf, denen Schubart selber am wenigsten bereit war, nachzukommen: »Klug und abgekühlt, schlau, beugsam und raffiniert muß ein deutscher Novellist sein, wenn er sich erhalten will, und nicht ein feuriger, offener, herausplatzender Tor, der die Feder eben so wenig als die Zunge zu regieren weiß.« Nicht zu überlesen ist das rhetorische Element dieser Zeitschrift. Schubart, mit außerordentlichen Talenten zum mündlichen Vortrag ausgestattet, hatte kaum Möglichkeiten sie einzusetzen: nur auf der Kanzel, in der mit »applausu« bedachten Predigt, konnte er sich unmittelbar äußern. Die Rhetorik galt damals noch als eine Unterabteilung der Theologie. Zu anderen Zeiten wäre Schubart ein politischer Redner geworden, wie sein Sohn Ludwig treffend bemerkte: »Verschiedene, die Schubart genau kannten, haben von ihm angemerkt: daß er ganz der Mann für eine Revolution gewesen wäre. – In der Tat schien ihn sein Äußeres, sein Rednertalent, seine Deklamation, sein schneller Überblick, seine Kunst im Extemporieren, vor allem seine Popularität, sehr dazu zu berufen; und ich bin sicher, daß er wie Danton (mit dem er eine sehr überraschende und in manchen Dingen an Identität grenzende Ähnlichkeit hatte) im Senate gedonnert haben würde. Um unter den ersten Bewegern zu stehen und das Ganze zu lenken, besaß er weder Tiefe, noch Stetigkeit, noch Verschwiegenheit und Fleiß genug: dazu aber hatte ihn die Natur vor Tausenden organisiert, eine schwierige, hinter den Kulissen erwogene und besprochene Sache im Angesicht des Volkes zu verhandeln; in allen Farben des Witzes und der Imagination spielen zu lassen; alle Schatten und Einwendungen davon zu entfernen und sie mit siegendem Feuer durchzusetzen. Hiezu kam eine ihm eigene Deutlichkeit sowohl im Vortrag als in der Aussprache; ein sehr gesunder, durch all sein Wissen und seine Lektüre nie erstickter, durch all sein Reden und Schreiben stets wie ein frischer Quellbach rieselnder Mutterwitz; sein Enthusiasmus für Freiheit und Menschheit, seine herzliche Liebe für das Volk.«

Die Zeitschrift war die Partitur seiner rhetorischen, deklamatorischen Fähigkeiten: aus dem Stegreif formuliert und durch ihren Schwung an vielen Stellen mitreißend. Wie muß

Bierbrauerei Zum Walfisch in Augsburg, Gründungsort der *Deutschen Chronik*

diese *Chronik* auf ihre mit politischen Nachrichten und Kommentaren nicht eben verwöhnten Leser gewirkt haben! Noch viele Jahre nach dem Absterben der Zeitschrift traf Schubarts Sohn auf seinen Reisen Leute, die ganze Artikel auswendig aufsagen konnten.

Schon die erste Nummer (»Stücke« nannte Schubart die Hefte) der Zeitschrift brachte ihm Unannehmlichkeiten. Am Ende des ersten Artikels hatte er ausgerufen: »Und nun werfe ich mit jenem Deutschen, als er London verließ, meinen Hut in die Höhe und spreche: O England, von Deiner Laune und Freiheit nur diesen Hut voll!« Der kecke Journalist berief sich damit auf den britischen Geist der Freiheit, den er später noch oft lobend erwähnte. Der eine der beiden Augsburger Bürgermeister schimpfte im Senat der Reichsstadt: »Es hat sich ein Vagabund hereingeschlichen, der begehrt für sein heilloses Blatt einen Hut voll englischer Freiheit. Nicht eine Nußschale soll er haben.« Spätestens fünf Wochen nach Eröffnung des Blattes wurde sein Druck in Augsburg untersagt, so daß es Schubart von nun an in Ulm herstellen lassen mußte. Die katholische Front sah in ihm einen Hauptgegner; eines Nachts überschütteten ihn Fanatiker in seinem Schlafzimmer mit einem Steinhagel, so daß er unter dem Bett Schutz suchen mußte. Auch auf der Straße war er bisweilen nicht sicher vor Angriffen. Schubarts Vater schrieb über diesen bestgehaßten Mann in Augsburg: »Wie konnte der brausende Wolf nur auf den Einfall geraten, in Deutschland ein politisches Blatt zu schreiben. So was müssen bei uns ausgetrocknete Schulmeister tun, die vor dem Bauchwinde eines Großen den Hut abnehmen und vor seinem Räuspern Fieberstöße bekommen – der Mann von Genie hüte sich vor der Krone, denn Blitze fahren heraus.« Er teilte ihm auch »die Besorgnis meines Vaterherzens« mit, »das seine Zeitung das Unglück seines Lebens sein werde«.

Vorläufig jedoch schien Schubart mühelos Fuß zu fassen. Er gab wieder Unterricht in Musik, hielt Vorträge über die schönen Wissenschaften und die Künste, »hatte Gelehrte und Künstlerversammlungen in meinem Hause, las die neuesten Schriften und Partituren, benützte Gemälde, Kupferstiche, Holzschnitte, Medaillen, Handzeichnungen, Gebäude, Manufakturen, Bibliotheken, Kunstsäle, gab Fremden Besuch, nahm Besuch und schrieb dabei meine *Chronik* mit immer wachsendem Beifall fort; machte auch Vorreden, Einleitungen zu anderen Werken, Gelegenheits- und andere Gedichte häufig, bald gut, bald schlecht, je nachdem meine Seele gestimmt war. Einige junge Kaufleute baten mich um eine für sie begreifliche Encyklopädie; ich entsprach ihrem Ansuchen«. Seine Fähigkeiten zur Deklamation nutzte er in öffentlichen Rezitationsstunden, in denen er die neuesten Arbeiten deutscher Dichter vortrug. So hätte man ihm Beifall und Verdienst auf Dauer voraussagen können, wäre sein Blatt brav und bieder gewesen. Aber entschlossen, boshaft und ohne jede Zurückhaltung wetterte Schubart vom Beginn seiner journalistischen Tätigkeit in Augsburg gegen die Jesuiten. Papst Clemens XIV. hatte den Orden 1773, ein Jahr vor Beginn der *Chronik*, aufgelöst, doch blieb sein Einfluß in der schwäbisch-bayerischen Metropole ungeschmälert. Schubart lobte den Papst; »der Umsturz des Jesuitenordens, die weise Einschränkung der Klöster und anderer Orden, die dem Sinn der Religion so gemäßen Befehle an die Geistlichkeit seines Landes« werden schon einen Monat nach Eröffnung des Blattes hervorgehoben. Diese Bemerkungen konnten in Augsburg als besonders mutig gelten, da die Stadt, paritätisch nach Konfessionen besetzt und verwaltet, auf jede Störung ihres instabilen religiösen Gleichgewichts besonders heftig reagierte. Der antiklerikale Journalist hielt sich auch im folgenden nicht zurück, so daß ein Flugblatt mit einem seiner Spottgedichte öffentlich verbrannt wurde. Es lassen sich aus der *Chronik* viele Angriffe gegen die Jesuiten zitieren. Noch 1790 verurteilte Schubart vehement »den Geist dieses Ordens, der sich wie epidemischer Hauch im Finstern oder am hellen Mittage verderbend in einem Staat verbreitet«. Die Jesuiten erkannten in ihm einen ihrer publizistischen Hauptfeinde, zumal seine Zeitschrift große Verbreitung fand und zeitweilig wohl rund 20000 Leser hatte. Angehörige dieses Ordens waren auch in die Affäre Gaßner verwickelt, deren scharfe Beurteilung durch Schubart schließlich dazu führte, daß der Kritiker des Klerikers aus Augsburg vertrieben wurde. Gaßner, als Arzt und Priester gleichermaßen in der Nähe betrügerischer Marktschreierei und Scharlatanerie, hatte in Klösterle (Graubünden) begonnen, sich mit Wunderheilungen und Teufelsaustreibungen einen Namen zu machen. Beim Fürstbischof von Ellwangen gelang es ihm, die geistliche Residenz zu einer lukrativen Wallfahrtsstätte auszubauen. Auch in Augsburg fand der Exjesuit Gaßner großen Zulauf; nicht nur die im Aberglauben befangenen Bauern wollten sich von ihm kurieren lassen, sondern auch angesehene religiöse Fanatiker wie Lavater widmeten ihm ihre Aufmerksamkeit. In rund 20 Bänden mit Streitschriften hat Gaßner seine mittelalterliche, obskure Teufelsdogmatik entwickelt. Acht Monate nach Beginn der *Chronik* trat Schubart gegen den Finsterling an; unter dem Titel »Politisches Spreu« schrieb er: »Der Pfarrer Gaßner zu Klösterle fährt fort, den dummen Schwabenpöbel zu blenden. Er heilt Höcker, Kröpfe, Epilepsien – nicht durch Arzneien, sondern bloß durch Handauflegen seiner hohepriesterlichen Hand. Kürzlich hat er ein herrliches Buch herausgegeben, wie man dem Teufel widerstehen soll, wenn er in Menschen und Häusern rumort. Und da gibt's noch tausend Menschen um mich her, die an diese Narrheiten glauben. – Heiliger Sokrates, erbarme dich meiner! Wann hören wir doch einmal auf, Schwabenstreiche zu machen!« Auf diesen Angriff hin erschien ein Schwall von Schmähschriften und Schubarts weiterer Aufenthalt in Augsburg war nach einem Dreivierteljahr bereits unmöglich. Der katholische Bürgermeister erschien, umstellte mit seinem Anhang das Haus, durchsuchte es und arretierte Schubart. Die protestantische Partei bekam ihn wieder frei, doch nur unter der Bedingung, daß Schubart die Stadt verließ. »›Und mein Verbrechen, Ihr Gnaden?‹ – ›Wir handeln nicht ohne Ursache, und das mag Ihnen genug sein.‹«

»Ich kannte Menschen von äußerst mittelmäßigen Fähigkeiten, die ihr gutes Fortkommen hatten und in Ruhe und Gemächlichkeit lebten; – und nur ich! nur ich stieß allenthalben an, konnte mit so mannigfaltigen Talenten mich nirgends lange erhalten, wurde von Provinz zu Provinz fortgestoßen, mußte mein Leben wie ein verschossener Vogel in steter Angst und Kümmernis zubringen, und wußte bald nicht mehr, wo mein Fuß ausruhen sollte.« Im Januar 1775 reiste er seiner Zeitschrift nach: in die Freie Reichsstadt Ulm.

7.

Was Patriotismus einst verhieß

Von Anfang an hat Schubart seine *Chronik* vordringlich als ein Instrument seines Patriotismus verstanden. Seine Vaterlandsliebe umfaßt jedoch keine machtpolitischen Vorstellungen, wie sie nach der Befreiung Deutschlands von Napoleon dann im 19. Jahrhundert üblich wurden. Der Begriff des »Vaterlandes« enthielt für ihn vor allem ein utopisches Element. Deutschland war damals in mehr als 300 einzelne Territorien zersplittert, die Zerrissenheit durch Landesgrenzen und Zölle, abschnürende Verwaltungsvorschriften und aufgeblähte Beamtenapparate gesteigert. Wie grotesk dieser Zustand war, geht aus einer Unterhaltung hervor, die Schubart in Ludwigsburg mit dem dortigen Minister Montmartin führte und seiner Frau berichtete:

»Der Graf: Sind Sie ein geborener Württemberger?

Ich: Nein! ein Limpurger. Allein ich glaube mich in 2 Jahren naturalisiert genug zu haben.

Der Graf: Ihre Frau ist vielleicht aus dem Lande?

Ich: Auch nicht! sie ist eine Ulmerin.«

Schubarts Patriotismus zielte vor allem auf die Wiederbelebung des Reichsgedankens, der im Alltag der selbstherrlich regierenden Duodezfürsten mit ihren teuren Hofhaltungen verloren schien. Schubart hat dabei besonders auf die politische und moralische Kraft Preußens vertraut; sein immer wieder geäußerter Enthusiasmus für Friedrich den Großen entsprang der Hoffnung, dieser Regent könne Impulse zur Einigung des Vaterlandes geben. Dabei hat der Journalist auch die zweite Großmacht auf deutschem Boden, Österreich, öfter lobend hervorgehoben. Der Siebenjährige Krieg (1756–63), der mit Beginn der *Chronik* erst elf Jahre zurücklag, hatte einen innerdeutschen Dualismus geschaffen, der durch den Frieden von Hubertusberg eher bestärkt als vermindert wurde. Für den Autor der Zeitschrift war die Einigung des Vaterlandes abhängig vom Zusammenspiel der beiden entscheidenden Kräfte, deren rivalisierende Politik er nicht durch einseitige Parteinahme unterstützen wollte. Sein

Patriotismus bestand also zunächst in der Identifikation mit einem großen historischen Gebilde, das er umso mehr als Ziel ansah, als es – seiner Erfahrung nach – an den verschiedensten Höfen und in den freien Reichsstädten völlig verdrängt war. Noch 1790 schrieb er: »O Vaterland, Vaterland, möchtest Du Dich auszeichnen vor allen Ländern der Erde durch Großheit, Einfalt, Güte und Schönheitsgefühl in allen Deinen Werken, all Deinem Tun!« Eine nationalistische oder chauvinistische Geschichtsschreibung hat daraus ableiten wollen, Schubart sei einer ihrer Vorfahren gewesen; aber diese Historiker, die dem deutschen Imperialismus das Wort redeten, verkannten, wie entschieden defensiv dieser Patriotismus war. Die Überwindung der Zersplitterung war für Schubart mit dem Freiheitsgedanken verbunden, der Nationalstaat als Utopie schloß die Freiheit des Volkes ein, wie sie die deutsche Kleinstaaterei mit ihren Duodezfürsten ausschloß. Freiheitsliebe ist für Schubart die »Hauptsehne und Nerve des Staates« (1789). Sein Patriotismus entstand vor allem in der Auseinandersetzung mit dem Franzosentum, womit besonders französische Lebensart und Mode gemeint sind. Oft wetterte Schubart voller Pathos gegen den französischen Einfluß in Sprache und Kultur; aber diese – heute oft schwer verständlichen – Angriffe gelten den Erscheinungen des Absolutismus. Die Gallomanie war an den Höfen der Provinztyrannen, so vor allem im Ludwigsburg des Herzogs Karl Eugen, dominant, die Wendung dagegen eine kulturreformerische Aufgabe. Sein Programm, eher aus gefühlsbetonter Verve gespeist als aus einem ideologischen Konzept, baut auf Leseeindrücken: Klopstocks bardische Gesänge, dessen Hermanns-Dramen mit ihren Rückgriffen auf die Vorzeit waren ihm in ihrer Berufung auf eine große »altdeutsche« Vergangenheit Vorbild.

Schubart, alles andere als ein politischer Theoretiker, hat in seiner *Chronik* wechselnd für zwei politische Systeme optiert. Er hatte eine große Vorliebe für die »Freistaaten«, also die Republiken, wie er sie in Athen und Sparta, Rom und Karthago verwirklicht sah und in der Gegenwart am Beispiel der Schweiz studierte; daraus leitete er häufig eine Kritik der freien Reichsstädte ab, die ihre ehemalige Größe verspielt hätten. Begeistert begrüßte er den Freiheitskampf der ame-

Ermunterung.

Auf, mein Geist, in freie Luft
Aus dem Angstgedränge!
Diese dunkle Todtengruft
Ist dir viel zu enge!
Du bist frei!
Sklaverei,
Kerker, Zwang und Bande
Sind des Geistes Schande.

Eines Christen Geist durchdringt
Dicke Felsenquader;
Fessellos und leicht geschwingt
Hebt er sich zum Vater.
Gottes Hauch
Bist du auch!
Soll Jehovah's Hauchen
Hier in Angst verrauchen?

rikanischen Kolonisten, den »Kontinentalkongreß« ihrer Vertreter in Philadelphia und die Unabhängigkeitserklärung Thomas Jeffersons. Wäre seine kontinuierliche Urteilsbildung zu diesem welthistorischen Ereignis nicht durch die Haft unterbrochen worden, hätte er sich vermutlich zu einem entschiedenen Republikaner entwickelt.

Daneben hielt Schubart allerdings auch am absolutistischen System fest, wollte es nur korrigiert wissen durch die »Milde« des Fürsten. Es ging ihm, der in Deutschland keine praktische republikanische Entwicklung studieren konnte, oft auch um eine Reform von oben, um Aufklärung durch den Herrscher. Als dann die Französische Revolution die Rechte des Königs beschnitt und 1791 die konstitutionelle Monarchie einführte, hat er das außerordentlich positiv gewürdigt. Er erklärte: »Eine unumschränkte Monarchie ist die beste Regierungsform, wenn der König – ein Gott ist, wenn er gelenkt wird wie der Allherrscher im Himmel – durch Liebe. Da aber dies unter den Menschen ein höchst seltener Fall ist; so sind um der Völkersicherheit wegen die eingeschränkten Monarchien die besten.« Diese Äußerung war für einen Mann, der mehr als ein Jahrzehnt Haft hinter sich hatte, noch immer erstaunlich und nichts mehr als gefährlich. In seiner Ablehnung des Despotismus blieb er die Jahre über ohne Schwankung: »O Despotismus! Despotismus! Du frißt am Herzen von Europa, die Freiheit stirbt und ihre Peiniger sehen spottend auf ihre letzten Verzuckungen hin.« (1776) Zwölf Jahre später entwirft er – zitatweise – eine Vision der freien Menschen auf freiem Grund: »Sobald die schändlichen Ketten zerbrochen waren, wie reiche Felder und liebliche Triften wurden da auf einmal aus den Wüsteneien der alten Barbarei! Der Landmann, der zuvor für ein gieriges Raubtier schwitzen mußte, arbeitete nun für sein Eigentum, für Weib, Kinder und Hausgenossen. Da wurden die Länder angebaut, die frischen Felder grünten. Die freien Städte handelten, erfanden und ersannen. Das waren Ameisenhaufen, wo Tausend und Tausend aus- und einliefen und Nahrung und Schätze herbeitrugen. Da hämmerten die Schmiede; da gingen die Webstühle und Spinnräder; da wimmelten die Kaufhäuser; da flatterten um die Häfen die Segel zu hundertweise. Alles lebte, alles webte, alles handelte, frei und ungehindert, für Reichtum, Macht, Freiheit und Vergnügen; so seufzt der Pilger mit Vogt.« Schubart fügte hinzu: »O Vaterland, Vaterland, möchtest du dich sonnen und wonnen ewig im Strahle der heiligen Freiheit!« (1788) In dieser konstanten Emphase für die Freiheit (unabhängig von seiner schwankenden Präferenz für bestimmte Regierungsformen) wird deutlich, daß Schubarts Patriotismus vor allem eine soziale Komponente hatte: es ging ihm um die Emanzipation der unteren Stände, die in den Duodezfürstentümern ausgeschlossen war, die geradezu verhindert wurde, um die kleinen Sonnenkönige am luxuriösen Leben zu erhalten. Auch war Schubart völlig frei von Antisemitismus religiöser oder ökonomisch motivierter Art, wie er den Nationalismus wilhelminischer Prägung später bestimmte. Es reicht jedoch nicht aus, wenn man

Herzog Karl Eugen in Hohenheim

Schubarts Vaterlandsliebe als einen Patriotismus im Stande historischer Unschuld charakterisiert, ihn also nur freispricht von imperialistischen Erscheinungsformen. Vaterlandsliebe war für die meisten Stürmer und Dränger jene emanzipatirische Kraft, in der antifeudale, soziale und kulturelle Opposition zusammenfanden.

Diese Momente sind in der *Chronik* nicht widerspruchslos vorhanden. Die Schwankungen in Schubarts Urteil haben ihren Grund darin, daß er Berichterstatter und Kommentator eines Jahrhunderts war, das (nach Kants Worten) unter dem Zeichen der Aufklärung stand, das aber selbst noch nicht aufgeklärt war, das also seinen proklamierten Ideen nicht entsprach. Außerdem hat Schubart die Attacken gegen die gekrönten Häupter und die Kleriker immer wieder zurückgenommen, weil die Zensur wohl mit dem Verbot des Blattes drohte. Auf diese Bedingungen der journalistischen Arbeit finden sich in den ersten beiden Jahrgängen der Zeitschrift unverhüllte Hinweise. Hier einige Zitate: »Wenn man die verschiedenen Zeitungen, Tagbücher, Zueignungsschriften, Lobreden, Programmen u.d.g. aus allen Provinzen Deutschlands sammelte; so sollte man glauben, Deutschland würde von lauter Göttern, Seraphims und Cherubims beherrscht. Mein Fürst ist ein Gott! Meine Obrigkeit untrüglich! Welche Polizei! Welche menschenfreundliche Anstalten! spricht der Lobredner auf der Kanzel und im Rednerstuhle – Unten steht der Patriot, macht zwei Fäuste in seine Tasche, beißt die Zähne zusammen und Tränen rieslen in seinen Bart.« (1774) Oder: »Der Novellist aber, zumal der deutsche feige Novellist, muß alle diese verödeten Gegenden in Elysische Fluren umzuschaffen wissen. Gebirge muß er Tal, gelbe, regnichte Ströme, die faule Äser fortwälzen, muß er Pisone, Stinkblumen muß er Rosen und Stürme Zephyrs nennen.« (1775) Oder: »S' gäb freilich viel Schreibens und Sagens, wenn's erlaubt wäre, über Sachen, die um uns herum vorgehen, freie Betrachtungen anzustellen.« Der genaueste Monograph der *Deutschen Chronik*, Erich Schairer, hat über den Journalisten ein treffsicheres Urteil abgegeben: »Schubarts Name pflegt zwar nicht genannt zu werden, wenn man die Kämpfer für das Recht des Volkes aufzählt: auch dem Zeitungsschreiber flicht die Nachwelt keine Kränze. Aber wer sich des Asperggefangenen als eines Opfers der Despotenwillkür vergangener Tage erinnert, der sollte doch nicht vergessen, warum diese Willkür sich veranlaßt gesehen hat, gegen ihn einzuschreiten. Auch Schubart verdient es vielleicht, unter den Märtyrern der deutschen Demokratie mit Ehren Erwähnung zu finden; wenn auch seine zehnjährige Festungshaft nicht so eklatant sein mag wie ein Barrikadenkampf und der Tod durch Pulver und Blei, wenn auch seine Zeitung vermodert ist bis auf wenige Bibliotheksexemplare – als einen Mitarbeiter an der Völkererlösung aus Banden weltlicher und geistiger Despotie hat er sich erwiesen, trotz aller Mängel und für unser Empfinden wunderlichen Unebenheiten seiner Publizistik.«

8.

Wie sich die Feinde rächten

Anfang 1775 fand sich Schubart in Ulm ein, und der Aufenthalt dort schien in mehrfacher Hinsicht die Peripetie des bürgerlichen Trauerspiels zu bieten. Nach zwei Jahren der Trennung stellte der verhinderte Ehemann durch eine reuevolle Wallfahrt nach Geislingen den Frieden wieder her und holte seine Familie zu sich. Die Szene ist in Schubarts Memoiren so kräftig ausgemalt, daß sie als Versatzstück in jedem Groschenroman zitabel wäre:
» ›Da hast du deinen Herumschwärmer!‹ sagte ich und warf mich in den Sessel. ›O 's ist gut, daß du nur da bist!‹ erwiderte sie im zärtlichsten Ton der Liebe. Sie weinte und ich saß wie ein Stock, gegen Donner und Regen abgehärtet. – ›Willst du mit mir? sag's, ich bin nun in Ulm. Der Sturm hat mich auch aus Augsburg gejagt. Was ich habe, ist dein!‹ – ›O ja, ich will mit dir, und nur der Tod soll uns zum zweitenmal scheiden.‹ Sie führte meine Kinder herein. ›Nun dürft ihr nimmer mit eures Vaters Porträt reden; da ist er selber.‹ – ›O Papa, Papa!‹ zitterten mir die Stimmen der Unschuld entgegen.«
Ulm bot wie Aalen die Freiheiten einer reichsunmittelbaren Stadt, war aber größer und reicher; die konfessionellen Schwierigkeiten Augsburgs waren auf diesem durchweg protestantischen Boden ausgeschlossen. Der wachsende Erfolg der *Chronik* bot Schubart ein brauchbares Einkommen; außerdem betätigte er sich wieder als dilettierender Alleskönner: »Das Ulmer Intelligenzblatt mach ich auch – und Fastnachtsschilde – und Anmerkungen zu einem theologischen Buche – und einen Roman – und übe mich hitzig im Klavier – und sehe auf die Donau hinaus – seh da ein Wölkchen aus meiner Pfeife in die Luft kreisen – und lache und weine – mache Luftsprünge vor Freuden und stampfe vor Unmut den Boden. Welche Harlekinade.« Er befreundete sich mit Johann Martin Miller, dem Dichter des tränenseligen Kloster-Romans *Siegwart*, fand Freunde in den durchreisenden Grafen Stolberg, so daß Ulm mit diesen Vertretern des Göttinger

Hain-Bundes eine Dependance des Sturm und Drang hätte werden können. Schubart fühlte sich außerordentlich wohl, hatte seine kleinen Reibereien mit Autoritäten der Stadt, was ihn offensichtlich frisch erhielt. So stammt wohl aus dieser Zeit der epigrammatische »Befehl einer schwäbischen Reichsstadt«:

»Kund und zu wissen ist:
Ihr Bürger, macht die Straßen rein
Von allem Kot und Mist;
Sonst legt der Magistrat sich drein!«

Er hätte in Frieden dahinleben können: ein geachteter Bürger, der mit seiner Neigung zu allem Flüssigen (außer Wasser) in den Wirtshäusern gern gesehen war; als Journalist, dessen Zeitschrift bis nach London, Paris, Amsterdam und Petersburg befördert wurde; als Literator, der mit seiner Erzählung *Zur Geschichte des menschlichen Herzens* (1775) Schiller die Fabel für sein späteres Drama *Die Räuber* lieferte; als Musikus, der mit launigen Anzeigen für seine Konzerte warb. Auch die Zensur war ihm wohlgesonnen wie wahrscheinlich nie zuvor. Als sich der französische Gesandte zu Regensburg über einen Artikel beschwerte, antwortete der Ulmer Zensor, ein gewisser Dr. Hartmann, begütigend: »Wenn mehrgen. Hrn. Ministers Excellenz den Verfasser der *deutschen Chronik* wie ich von Person kennten, würden Höchstdieselben .. diesem Schriftsteller gewiß nicht alles so anrechnen, wie es bei anderen Subjectis genommen werden kann, und er würde von Hochdenselben vielleicht das Privilegium zu sagen, was er will, erhalten, ein Privilegium, so einer gewißen Klasse von Menschen ohne Nachteil gegeben werden kann.«
Im März 1775 begegnete er einem alten Bekannten: Seiner Durchlaucht, die ihn Jahre zuvor aus württembergischen Landen gewiesen hatte. Obwohl Schubart in seiner *Chronik* öfter lobende oder doch keine schmähenden Worte über den Selbstherrscher verloren hat, konnte er sich diesmal nicht zurückhalten; in einem Brief an seinen alten Gönner Balthasar Haug, der in der kulturellen Ordonnanz des Hofes stand, schrieb er: »Ihr Herzog ist hier durchpassiert und war ungemein gnädig. Er hat einen hiesigen Patriziersohn in die Skla-

venplantage auf der Solitude [die Hohe Carlsschule, wo auch Schiller dressiert werden sollte] aufgenommen. Seine Donna Schmergalina [seine Mätresse Franziska von Hohenheim] saß neben ihm wie Mariane an Achmets Seite. Aller Fürstenglanz ist in meinen Augen nicht mehr als – das Glimmen einer Lichtputze – es glimmt und stinkt.« Aus der Sicherheit einer Freien Reichsstadt ließ sich's, so schien es, gefahrlos boshaft gegen die Tyrannen reden.

Doch machte sich Schubart auch hier namhafte Feinde, die nur darauf lauerten, daß sie seiner habhaft werden konnten: die Jesuiten. Wie borniert und brutal sie vorgingen, beweist eine Geschichte, die sich damals knapp außerhalb der Ulmer Stadtmauern, in Wiblingen, zutrug. Dort wurde ein Josef Nickel, ein entlaufener Jesuitenschüler, der sich zu den Schriften Wielands, Lessings und Voltaires bekannte, gegen Pater Gaßner redete und offen für Schubart eintrat, unter dem Vorwurf der Ketzerei verhaftet, zum Tode verurteilt und »im Jahr des Heils 1776, am ersten Juni, Morgens 8 Uhr« geköpft. Schubart, der ihm einen Roman geliehen hatte, wurde als Verursacher der Religionsbeschimpfung und Gotteslästerei gebrandmarkt. »Dieser Zufall kerkerte mich gleichsam in Ulm ein, weil man mir ein gleiches Schicksal drohte.« Der ansonsten ja nicht gerade feige Journalist hat es nicht gewagt, das abscheuliche Verfahren gegen Nickel in seiner *Chronik* auch nur zu erwähnen. Reisen nach Ellwangen und Aalen unternahm er schon im Mai 1775, also nach wenigen Monaten Aufenthalt in Ulm, unter fremdem Namen; er wurde erkannt und war vor Verfolgungen nur dadurch geschützt, daß der Fürstpropst von Ellwangen, den er als den »guten Fürsten« einstens poetisch angesungen hatte, ein entsprechendes Dekret erließ. Anscheinend war dem auf die Einkünfte aus der Wallfahrt Erpichten das Treiben des Pater Gaßner selbst lästig geworden (später wurde es vom Kaiser verboten). Aus der Rückschau schilderte Schubart einen gespenstischen Aufzug der Wundergläubigen: »Die Straße von Aalen nach Ellwangen wimmelte eben damals von elenden Pilgrimen, welche bei Gaßnern Hilfe suchten. Das tausendfältige Elend von zehn, zwanzig, dreißig Meilen in die Länge und Breite schien in dieser Gegend zusammengedrängt zu sein. Alle Herbergen, Ställe, Schafhäuser, Zäune und

Hecken lagen voll von Blinden, Tauben, Lahmen, Krüppeln, von Epilepsie, Schlagflüssen, Gicht und anderen Zufällen jämmerlich zugerichteten Menschen. Was Krebs, Eiter, Grind und Krätze Ekelhaftes, Abscheuliches, Entsetzliches hat, – selbst was die Seele drückt und entmannt – Schwermut, Wahnsinn, Tollheit, stille Wut, Raserei, teuflische Anfechtungen – war hier in Aalen und auf dem Wege nach Ellwangen an Krücken, an Stecken, auf Eseln, Pferden, Karren, in Tragtüchern, auf Reffen und Bahren in einer schrecklichen Gruppe zusammengedrängt zu sehen. O, dachte ich, Gaßner, wenn du all diesem Jammer abhilfst, all dies Elend im Namen Jesu wegsprichst, so will ich auf den Knien zu dir kriechen und dir meinen Unglauben mit gefalteten Händen abbitten. Aber leider! kamen diese Elenden noch elender zurück; denn da sie auf der Reise nicht selten all ihre Habe verzehrt hatten, so mußten sie nun betteln und zum Teil auf der Straße zu Grunde gehen.«
Der Beginn des Jahres 1777 brachte für den Vielbeschäftigten verlockende Angebote: in Karlsruhe winkte eine Kapellmeisterstelle, aus Mannheim traf eine Einladung zur Oper ein; in Nürnberg wollte man ihm eine dauerhafte Versorgung offerieren. Schubart blieb am Ort, wo er war – angeblich hat es ihm an Reisegeld gemangelt. Er hatte wieder Anfälle von Depressionen: »Die Schwermut hatte mein Herz so angefüllt, daß der Wein, der mich sonst ausgelassen fröhlich machte, nur ein Wecker der Melancholie war; und ich stürzte oft, gesehen und nicht gesehen, ganze Fluten von Tränen herunter. Die Welt, die mich so fest gepackt hatte, wurde mir immer mehr zur Last; aber ich hatte nicht Mut genug, mich von ihr loszureißen. Ich ward als Ball von einer Hand der anderen zugeworfen, ein Sklave des Augenblicks.« Er erhielt Warnungen, sich vor Überfällen vorzusehen, im Traum erschienen ihm »die schwarzen Kutten«. Im siebten Stück seiner *Chronik* vom 23. Januar verteilte er an die »Kritiker« acht Leitsätze, von denen sich einer auf unvorhergesehene Weise gegen ihn selbst wenden sollte: »Stößt dir aber ein unbescheidner Knab auf, der mit Schwanenstolz daherschwimmt und spottet der Vögel über ihm und waghalsig anschielt die Tier am Ufer und hinunterstürzt nach den Fischlein im Wasser, sie zu verschlingen: den wirf, bis er liegt!!

Scheu nicht des Giganten Tritt und seinen Jast und sein Hohnsprechen; sondern nimm Stein' und schleudr ihn zur Erde. Nur Demut verdient Schonung; Arroganz aber Wurf und Tod.«

Am Tag, als dieses in der Metaphorik etwas verrutschte *Memento mori* erschien, wurde Schubart verhaftet. Das bürgerliche Trauerspiel fand seine dramatische Zuspitzung, eine Kabale miesester Durchtriebenheit von Serenissimus aus den württembergischen Landen spielte sich ab. Mit Datum vom 18. Januar war eine herzogliche Order an den Kloster-Oberamtmann Scholl in Blaubeuren (nahe Ulm) ergangen. Sie wurde eingeleitet mit dem Hinweis, daß der »gewesene Stadtorganist Schubart teils um seiner schlechten und ärgerlichen Aufführung willen, teils wegen seiner sehr bösen und sogar Gotteslästerlichen Schreibart auf untertänigsten Antrag des Herzoglichen Geheimen Rats und Consistorii seines Amtes entsetzt und von dort weggejagt worden«. Eine meisterhafte Einleitung. Dann wird für den braven Amtmann unter Berufung nicht auf Fakten, sondern auf abweichende Gesinnungen, das Bild eines verkommenen Subjekts und eines Staatsfeindes entworfen. Schließlich heißt es: »Dieser sich nunmehro zu Ulm aufhaltende Mann fährt bekanntermaßen in seinem Geleise fort, und hat es bereits in der Unverschämtheit so weit gebracht, daß fast kein gekröntes Haupt und kein Fürst auf dem Erdboden ist, so nicht von ihm in seinen herausgegebenen Schriften auf das freventlichste angetastet worden, welches Se.Herzogl.Durchlt. schon seit geraumer Zeit auf den Entschluß gebracht, dessen habhaft zu werden, um durch sichere Verwahrung seiner Person die menschliche Gesellschaft von diesem unwürdigen und ansteckenden Gliede zu reinigen.

Sich dieserwegen an den Magistrat zu wenden, halten Höchstdieselbe für zu weitläufig und dürfte vielleicht den vorgesetzten Endzweck gänzlich verfehlen machen; wohingegen solcher am besten dadurch zu erreichen wäre, wenn Schubart unter einem scheinbaren oder seinen Sitten und Leidenschaften anpassendem Vorwande auf unstreitig Herzogl. Württembergischen Grund und Boden gelockt und daselbst dort gefänglich niedergeworfen werden könnte.«

Der Beamte, an den dieser Erlaß gerichtet war, hatte kaum

Möglichkeiten sich zu widersetzen: eine Frau und elf Kinder waren das nötige Druckmittel. Scholl besuchte Schubart am 22. Januar, lud ihn zum Essen ein und bat ihn, am nächsten Tag nach Blaubeuren zu Besuch kommen, da ein Schwager den Verfasser der *Chronik* kennenlernen wolle. Schubart sagte zu und fuhr, von düsteren Vorahnungen geplagt, mit dem Schlitten aus Ulmer Gebiet heraus. Im Haus des Amtmanns dann das Personal des Verrats: ein betrübt dreinblikkendes Mädchen am Spinnrad, ein Major, ein leibhaftiger Graf und der Amtmann, sie alle nicht unberührt von der Szene, aber tapfer in der Erfüllung ihrer Pflicht. Im Namen des Herzogs wurde er arretiert und weggeschafft. »Die ganze Reise rauchte ich fast beständig Tabak, eine Gewohnheit, mit der ich oft manchen Kummer zu verdampfen suchte. Unser Nachtlager nahmen wir in Kirchheim, wo ich im Zimmer von ledernen Philistern bewacht wurde, die sich heimlich einander ins Ohr raunten: Das ist der Schubart! der Malefizkerl! Man wird ihm 'nmal den Grind [Kopf] herunterfegen. Das hörte ich und schlief kaum Minuten. Man schickte von da aus eine Staffette an den Herzog, um seine weiteren Befehle zu erwarten. Er war anfangs entschlossen, mich auf die Festung Hohentwiel zu setzen; aber Gott lenkte sein Herz anders und gleich mit dem grauenden Morgen des 24. Januar wurde mir angezeigt, daß ich auf dem Asperg in sehr enge Verwahrung genommen werden sollte. Ich war verstockt und fühlte nichts mehr. Den Mittag speiste ich in Cannstatt mit einigem Appetit und zitterte zwei Zeilen an Millern in Ulm aufs Papier. ›Nimm Dich meines Weibes und meiner Kinder an! ich kann es nicht mehr, denn ich bin gefangen.‹ Das war alles, was ich schrieb; der Brief kam aber nicht an seine Behörde. – Schauer fuhr durch mein Gebein, als sich der Asperg vor mir aus seinem blauen Schleier enthüllte. ›Was wird dich dort erwarten?‹ so dachte ich, als der Wagen bereits vor der Festung stille hielt. Der Herzog war selbst zugegen und bezeichnete den Kerker, in dem man mich verwahren sollte.«

Eine Szene wie aus einem Kolportageroman der Zeit: der Kabale wird durch die Anwesenheit des Serenissimus (und seiner Mätresse, der Franziska von Hohenheim, vorm. Leutrum, der Donna Schmergalina) der Ausdruck einer persönlichen absolutistischen Herrscherjustiz über den unbotmäßigen Untertan gegeben. Karl Eugen gefiel sich in einer Willkürmaßnahme: Schubart war nicht einmal württembergischer Bürger, unterstand also nicht der Gerichtsbarkeit des Landes, die überdies bei diesem Verfahren auch nicht zum Schein bemüht wurde.

»Jetzt rasselte die Tür hinter mir zu und ich war allein – in einem grauen, düstern Felsenloche *allein*. Ich stand und starrte vor Entsetzen, wie einer, den die donnernde Woge verschlang und dessen Seele nun im schaurigen Scheol erwacht.« Weshalb wurde Schubart festgenommen? Die Gründe sind bis heute nicht genau ermittelt, da der folgenden Haft von zehn Jahren keine schriftliche Order, keine amtliche Verfügung, kein Urteil zugrunde liegt. Deshalb können nur Vermutungen weiterhelfen. Zweifellos hatte Schubart das Selbstgefühl Karl Eugens immer wieder getroffen, und es wirkte wohl auch die vier Jahre zurückliegende Ausweisung des Dichters aus württembergischen Landen nach. Er hatte den Herzog wegen einer kostspieligen Auslandsreise kritisiert. In einem bissigen Epigramm hatte er außerdem seinen ehemaligen Landesvater (als Erfinder der Carlsschule) lächerlich gemacht:

»Als Dionys von Syrakus
Aufhören muß
Tyrann zu sein
Da ward er ein Schulmeisterlein.«

Doch ist es schwer vorstellbar, daß der Despot eine so aufsehenerregende Inszenierung wegen einiger Invektiven von epigrammatischer Knappheit wagte. Die »gekrönten Häupter«, von denen im herzoglichen Erlaß die Rede war, hatte Schubart gewiß nicht beleidigt. In seinem Bestreben, als »Zeitungsschreiber« nicht »ein Curtius, der sich fürs Vaterland in Pestschlund stürzt«, zu werden, nicht »der Märtyrer, der mit vaterländischer Glut im Gesicht auch den Fürsten heiße Wahrheiten ins Gesicht spricht« (*Dt. Chronik*, 1775), hatte er sich mit direkten Angriffen zurückgehalten und stattdessen seine Wahrheiten in Fabeln aus dem Tierreich verkleidet, auf weit abliegendem Gelände wie dem Orient angesiedelt oder unter Aussparung der realen Zustände von besseren in anderen Ländern gesprochen. Also bot die *Chronik* kaum

Anlaß, persönliche Beleidigungen von Regenten aufzuspüren. Auch sind keine Beschwerden aus Fürstenhäusern außer Forderungen nach Richtigstellung von falschen Meldungen bekannt geworden. Schubart, der selbst im Dunkeln tappte und nie über die Gründe für seine Festnahme informiert wurde, glaubte, der kaiserliche Hof in Wien und der in Ulm lebende Gesandte, General Ried, seien die Hauptverursacher seines Unglücks. Zwar hat der Virtuose den kaiserlichen Herrn beleidigt, als er nicht auf dessen Flügel spielen wollte, doch reicht auch eine solche Schroffheit nicht für die schwerwiegende Festungshaft aus. Unmut mag laut geworden sein, nachdem Schubart am 6. Januar 1777 in der *Chronik* gemeldet hatte, Maria Theresia sei an einem Schlaganfall gestorben. Schubart vermutete:« (...) so glaubte General Ried Anlaß genug zu haben, mich aufheben und nach Ungarn in ewige Gefangenschaft führen lassen zu können. Aber Gott, der schon seinen Plan mit mir gemacht hatte, mißbilligte diesen. Der Minister offenbarte seinen Entschluß dem Herzog von Württemberg, der sogleich dem Gesandten versprach, mich in Verwahrung zu setzen, weil er selbst nicht wenig an mir auszusetzen fände.« Doch ist diese Vermutung geradezu aberwitzig: die erwähnte Meldung ist mit der Hoffnung verbunden, daß der Verfasser sie in der nächsten Nummer zurücknehmen könne, was dann auch – etwas später – geschah: die Nachricht wurde widerrufen. So war der Anlaß bereits beseitigt, bevor die Arretierung erfolgen konnte. Wahrscheinlich jedoch ist die Mitwirkung der Jesuiten an der Verhaftung Schubarts. Ihre Tätigkeit hatte er bis zuletzt scharf kritisiert; anscheinend hat die »gotteslästerliche Schreibart« den Ausschlag gegeben. Doch der Herzog konnte sich schwerlich als Handlanger eines verbotenen Ordens verstehen; zwar war er katholisch, doch keineswegs reaktionär-religiös gesonnen. Vermutlich wurde Schubart von Denunzianten beim Herzog angeschwärzt, man unterschob ihm außerdem ein Spottgedicht auf des Herzogs Mätresse, womöglich hatte Schubart als Ludwigsburger Klavierlehrer mit ihr auch »schlüpfrigen Unterricht« gepflogen, was die anhaltende Rachsucht des Despoten erklären würde. Dieser Fall brutaler Kabinettsjustiz ist auch heute in seinen Motiven noch weitgehend unbekannt.

9.

Auf dem Asperg und in den Fesseln der Religion

In seinem Verließ war Schubart fast völlig isoliert. Die einzigen Menschen, die er zu sehen bekam, waren die Aufseher, die ihm sein Essen und sein Zisternenwasser brachten, sowie der Kommandant der Festung. Das Stroh, auf dem er lag, moderte in der stickigen Luft wie sein Schlafrock. Spärliches Licht erhielt die Zelle durch ein winziges vergittertes Fenster. »Als die Betäubung mit ihrem eisernen Arm von mir abließ, da versank ich in die tiefste, dicht an Verzweiflung gränzende Schwermut. Ich saß ganze Stunden starr und unbeweglich auf meinem Strohbette, betrachtete die öde, schweigende Wand und den eisernen Ring, der darein gemauert war, um mich nach dem Befehle des Fürsten daran zu ketten, wenn ich nur im geringsten was versehen sollte. Ich sah mich schon in der Kette und hörte sie rasseln am zitternden Arm und klirren am bebenden Fuße. Für mein freies Gefühl war nichts Schrecklicheres als die Kette. – Nichts war weit um mich herum, was mich tröstete.« An die Wand schrieb er mit Ruß: »Denk' an den Tod!« Er zählte die Schritte, die Pulsschläge, »alle Spalten und Ritzen im Kerkergewölbe, die Fäden an der Matratze«, memorierte seinen erlernten Wissensschatz, hörte aber mit dieser Gedächtnisübung bald wieder auf, »denn alle Wissenschaft ist ohne die Wollust der Mitteilung Qual für die Seele«. Aus den Stimmen der vorübergehenden Menschen versuchte er, auf ihre Erscheinung und ihren Charakter zu schließen. Der Entzug aller rhetorischen und kommunikativen Möglichkeiten wirkte bei diesem auf Geselligkeit angewiesenen Menschen wohl besonders scharf, rief bei dem – sonst oft cholerisch explodierenden – Mann eine psychische Implosion, den Zusammbruch aller ich-stabilisierenden Kräfte hervor. 377 Tage hat Schubart in dieser Totalisolation verbracht, vor ihm soll ein Häftling im gleichen Turmverlies »der faulen Luft« wegen gestorben sein. Er hatte keine Ahnung, welche Anschuldigungen gegen ihn überhaupt vorgebracht worden waren, wußte nicht, wie lange die Haft dauern würde. Entsetzt schrieb Schubarts Frau am Tag der Einlieferung ihres Mannes auf den Asperg an ihren Schwager, der Stadtschreiber von Aalen war: »Ein Teufel in Menschengestalt hat mir meinen Mann gestohlen, vielleicht auf ewig gestohlen«. Lavater soll dem Herzog sofort einen deutlichen, aber ergebnislosen Brief geschrieben haben, Klopstock hielt sich vornehm und – ganz auf Abstand bedacht – zurück. In Ulm war auf Unterstützung nicht zu rechnen: der kaiserliche General von Ried half nicht (wie Schubarts Frau wohl in Unkenntnis der Lage gehofft hatte), der Magistrat unternahm nichts. Die Perfidie der Maßnahme bestand auch in der äußeren Isolation des Gefangenen. Um den Gesamteindruck des herzoglichen Vorgehens zu mildern, erhielt die Frau Schubarts eine monatliche Zuwendung und die Kinder kamen per Dekret in Schulen; der Sohn in die Hohe Carlsschule, in eben jene Elite-Dressuranstalt, die Schubart als »Sklavenplantage« verhöhnt hatte. So konnten die Angehörigen, vom Geld Seiner Hoheit abhängig, in unmittelbarer Nähe des Herzogs ähnlich beaufsichtigt werden wie der Dichter auf dem Asperg. Und der war damit auch nach außen abgeschnitten: eine Durchlaucht, die so hochherzig und nobel für die Familie eines Übeltäters sorgte, konnte in den Augen der Öffentlichkeit mit ihren drakonischen Maßnahmen nur recht haben.

Ein Jahr nach der Verhaftung Schubarts erfuhr seine Frau zum erstenmal etwas über das Programm, das mit dem Gefangenen veranstaltet wurde. Sie hatte sich ein Herz gefaßt und war unmittelbar zu Serenissimus vorgedrungen. An den Freund Miller schrieb sie: »Letzten Freitag ging ich, ohne einen Menschen zu fragen, in die Audienz; zuvor setzte ich eine Danksagung vor die Gnade, die ich und meine Kinder schon seit einem Jahr genossen, auf, bat auch zugleich um Gnade vor meinen armen Mann, ich ließ gerade mein Herz reden und übergab solches dem Herzog. Er schien es gnädig aufzunehmen und versicherte mich Seiner ferneren Gnade. Was aber meinen Mann betrifft, sagte Er, soll Sie einen gebesserten Mann wieder bekommen, gegenwärtig ist Er aber noch immer auf Irrwege.« Der Herzog war also gesonnen, an Schubart ein pädagogisches Experiment zu exerzieren: er wollte ihm die inwendige Wandlung zu einem frommen und kirchentreuen Untertanen einbleuen. Er hielt Schubart, wie dessen Sohn berichtet, für eine Art deutschen Voltaire und wollte ihm seine Freigeisterei unter allen Umständen austreiben. Der allerhöchste Zuchtmeister ersann für dieses Läuterungswerk drakonische Lektionen und ließ sie durch bewährtes Personal eintrichtern. Oberst Rieger, der Festungskommandant, war selbst vier Jahre lang Gefangener (auf dem Hohentwiel und dem Asperg) gewesen; es gehörte eine abgründige Laune an fürstlichen Späßen über die Untertänigkeit der Untertanen dazu, einen auf das Schlimmste gepeinigten Mann zum Chef des Gefängnisses zu machen und von ihm das Soll an brutaler Strafbereitschaft zu verlangen, das auf ihn selbst niedergekommen war. Rieger galt nach seiner Haft als Pietist, verband aber seine strenge Rechtgläubigkeit mit einem außerordentlichen Maß an Brutalität. Er habe die Menschen oft wie »Bestien« behandelt, schrieb Schubart über ihn. Dieser Despotenscherge verband sich mit einem der schärfsten Widersacher des Dichters: mit dem altbekannten Special Zilling aus Ludwigsburg, der 1773 die Ausweisung aus württembergischen Landen betrieben hatte. Jenem unterstand die weltliche Aufsicht über das Bekehrungswerk, diesem die geistliche. Der Leuteschinder führte mit dem Moralwächter einen bezeichnenden Briefwechsel über die Frage, wann und wie der Sünder wieder an die Tröstungen der heiligen Religion herangeführt werden solle. Der Festungsgeistliche meinte bei seiner Einführung im Oktober 1777 in aller Unschuld, man könne dem Gefangenen doch das Abendmahl verabreichen, da er danach verlange; etwas später, im Januar 1778 teilte er dem geistlichen Herrn in Ludwigsburg mit, Schubart biete doch schon erhebliche Anzeichen einer christlichen Läuterung, »(so) daß ich ihn schon mehrmalen, wann ich auf dem Wall spazieren gehe, andächtig, ernstlich und christlich beten hörte, so daß Er sich auch als ein armer Sünder vor seinem Gott erkannte und bekannte und in seinem Gebet rührend bezeugte, daß er alle Züchtigungen, wie groß sie auch seien, wohl verdient habe. Er wisse wohl und erkenne es nunmehr auch, daß ihm Gott nicht mehr gnädig sein würde, wann sein Sohn J. C. nicht auch für seine Sünden genug getan hätte, um deswillen hoffe und bitte Er um Gnade u.d.m. Er gelobete auch seinem Gott künftig mit

Leib und Seele zu dienen. Ich darf es sagen, daß es rührend und erbaulich anzuhören ware, was er Gott in der Einsamkeit in seinem Gebete vortruge.« Aber der einfache Geistliche wurde von seinem Vorgesetzten zurechtgestaucht. Wenn man, wie Schubart, in seinem Gewissen »solche Callos und Brandmale« habe, schrieb Zilling, müsse man dieselben erst erweichen, bevor man auf Heilung rechnen könne; außerdem sei der Gefangene erwiesenermaßen ein Heuchler: es sei »nicht das erstemal, daß der Schubart, wenn er in einem Gedränge war, sich von außen ganz bußfertig angelassen und seine Reue mit den kläglichsten Ausdrücken, mit der demütigsten äußerlichen Gebärdung, auch sogar mit Tränen, bezeugt hat; nachhero aber, sobald er wiederum Luft bekommen, noch ärger geworden ist als er vorhin war«. Also punktum: die Kommunion sei ihm zu verweigern. Noch einmal wandte sich der Garnisonsprediger an seinen Vorgesetzten, bis dieser unwillig die Frage dem herzoglichen Konsistorium zur Entscheidung vorlegte. Am 13. März 1778 durfte Schubart dann das Abendmahl empfangen, und es wurde ihm kurz davor eine Hafterleichterung gewährt: er durfte in ein freundlicheres Zimmer umziehen. Er war krank geworden, konnte fast nicht mehr gehen und mußte sich an den Wänden seines Verließes festhalten, um nicht umzufallen. Schriftlicher Verkehr mit der Außenwelt war ihm nicht erlaubt, Besucher durfte er nicht empfangen, die Lektüre bestimmte Rieger selbst; und er ließ nur geistliche Bücher zu. Der reuige Sünder versprach, seine poetischen Talente ganz in den geistlichen Dienst zu stellen. Dennoch wurde er bereits wieder Mitte Juli in eine dunklere Zelle gesperrt; im benachbarten Raum lag, seit 19 Jahren (!) inhaftiert, ein Herr von Scheidlin. Ihm diktierte Schubart durch einen Mauerspalt im Lauf der Zeit seine Lebenserinnerungen.

Rieger unterzog den Gefangenen einem gnadenlosen Drill; alle Hafterleichterungen waren offensichtlich an sichtbare Erfolge der Bußfertigkeit und Reue geknüpft: »Mein Vorsteher erquickte mich bald leiblich durch Speise, Trank, Arznei, Pflege, bald geistlich durch sanfte und harte Bestrafungen, durch Beugen und Niederschmettern meines noch hoch auffahrenden Geistes, durch starke, der Offenbarung entschöpfte Trostgründe und sonderlich durch Mitteilung von

Schubart's
Leben und Gesinnungen.
Von
ihm selbst, im Kerker
aufgesezt.
Erster Theil.

Mit einem Porträt, zween Kupfern und einer Vignette.
Stuttgart,
bei den Gebrüdern Mäntler.
1791.

Schubarts Autobiographie. Als Fragment posthum erschienen

Büchern, die im Geiste des Christentums geschrieben waren.« Der als geistlicher Beistand sich tarnende religiöse Drill muß einer Gehirnwäsche gleichgekommen sein; jedenfalls hat sich Schubart im Lauf der Haft zu Gebeten verstiegen, die Gott für die Gefängnishaft als Chance zur Einkehr dankten. In den Lebenserinnerungen finden sich deprimierende Selbstanklagen, gräßliche Reueschwüre, die auf eine psychische Depravation hinweisen. Der Sohn hat als einer der wenigen erkannt, daß die Haft bei Schubart schwere seelische Schäden hervorgerufen hat und daß diese auf das moraltheologische Erziehungswerk zurückzuführen sind: »Im Grunde waren es Schreckbilder seiner Jugend, ihm von seinem Vater und durch seinen anfänglichen geistlichen Beruf tief eingeprägt, welche seit seinem Eintritt in die größere Welt übertäubt

worden waren – und jetzt, in der Gruft seines Felsens, in Riesengestalt erwachten und sein Gewissen marterten.« Der Sohn charakterisiert schlichtweg als Geistesverwirrung, was an Obsessionen und schwarzen Halluzinationen sich zu einem düsteren Gemälde des Lebens als einem Alptraum der Sünde und des Lasters zusammenschob. Im November wurde ein weiterer religiöser Fanatiker auf Schubart angesetzt: ein Pfarrer Hahn, dessen mystisch-theosophisches System auf den Gefangenen großen Einduck machte. Er entbot ihm Vorschläge, wie er die Zeit nutzen könne: mit Gebeten, Reuebekenntnissen und Besserungsabsichten. Schubart versuchte zu schreiben: »Ich machte anfangs Entwürfe zu Romanen, Gedichten und anderen Büchern und versuchte es zuweilen, ob ich nicht, wie Moser, mit der Lichtputze schreiben könnte. Es gelang mir und ich verfertigte auf diese Art manches geistliche Lied, auch andere Gedichte, wovon einige wohl verdient hätten, gedruckt zu werden. Aber man merkte es bald und feilte die Spitze an der Lichtschere ab, wodurch ich auf einmal um meinen süßen Zeitvertreib kam. Die verfertigten Gedichte wurden mir abgenommen und sind hernach verloren gegangen.(...) Ich versuchte es aber mit dem Dorn meiner Knieschnalle und machte wieder verschiedenes. Aber diese wurde mir entwendet. Endlich behielt ich eine Gabel: aber man entdeckte auch dies und drohte mir mit der Kette. – Und nun ließ ich alles fahren und warf mich ganz in geistliche Übungen hinein.«
Schubarts Mutter raffte alle Gründe zusammen und schrieb an den Herzog im Oktober 1778, wobei sie auf die Notwendigkeit der Unterstützung durch ihren Sohn hinwies und ebenso inständig wie untertänigst um Freilassung bat: »Die Preißwürdige und erhabene Gesinnung, welche Höchstdieselbe allein zu meines Sohnes Besten hierunter geführet, hat sich in dieser ganzen Zeit durch das Verhalten gegen den Arrestanten dermaßen aufs Vollkommenste bewähret und an den Tag geleget, daß mein Sohn nebst mir und den Meinigen die dringendste Ursache haben, Euer Herzogl. Durchlaucht für die hierunter getragene höchste Vorsorge lebenslänglich den untertänigsten Dank zu Füßen zu legen, und das um so viel mehr als ich getrost hoffen darf, daß meines Sohnes wahrhafte Besserung durch Göttlichen Segen nunmehro erreicht

Einer der geistlichen Zuchtmeister in der Haft: Philipp Matthäus Hahn

und sein Moralischer Charakter in dem bald verflossenen Zeitpunct von 2 Jahren dergestalten umgebildet worden sein werde« – und so weiter. Tiefer in den Staub beugen kann man sich nicht. Von einer Antwort ist nichts bekannt. Nach zwei Jahren gab es die ersten größeren Hafterleichterungen: Schubart durfte den öffentlichen Gottesdienst besuchen; er wurde verlegt (und war durch einen glücklichen Zufall wieder neben Scheidlin); an Ostern durfte er die Orgel spielen und mit dem Kommandanten zum erstenmal an freier Luft auf dem Wall spazierengehen. Auch konnte er von da an Besuche empfangen – mit Ausnahme seiner Frau. Erhalten blieb das Schreibverbot; erst Ende 1780, im vierten Jahr seiner Gefangenschaft, wurde es aufgehoben, wobei die Briefe die Zensur des Kommandanten durchlaufen mußten. In dieser Zeit wurde auch sein Haftstatus formell verändert: er erhielt nun (die mildere) Festungshaft und durfte Klavier spielen. Das Bekehrungswerk war im großen und ganzen abgeschlossen, der Mann gebrochen. Die Stadien dieser Persönlichkeitsveränderung hat Schubart selbst geschrieben: »Gott sandte mir eine schreckliche Begebenheit, die alle meine Lebenshoffnungen zertrümmerte; ich erwachte und forschte nach der Ursache dieser Schickung. Die Angst trieb mich ins Wort Gottes hinein, und ich fand da wechselweise meine Verdammung und meinen Trost. Ich erschrak über meinen schrecklichen Seelenzustand, erkannte mich für einen Sklaven der Sünde – wert der Verdammnis, und sah mich schon in der Welt als einen Menschen an, den Gott zum abschreckenden Beispiel für andere als ein Denkmal seines Zorns im Lande, wo ich mich am meisten vergangen hatte, auf den Felsen stellte. Seine Hand ließ nicht ab von mir, bis ich es ihm gestand, daß ich bisher sein Feind gewesen. Die Sünde wurde mir täglich abscheulicher und das einzige wahrhafte Übel, um dessen Abwendung man bitten soll. Der heilige Geist machte mein Gewissen immer zarter, daß ich auch dissonierende *Gedanken* richtete und dagegen kämpfte.« Der Rebell und Individualist hatte für seine Pädagogen offensichtlich nun die Phase erreicht, wo er verläßlich und unaufhörlich gegen sich selbst vorging. Nur die Bekämpfung der »Liebe zum weiblichen Geschlecht« war noch nicht abgeschlossen, so daß der Herzog feinsinnig verhinderte, daß ihn seine Frau besuchen konnte.

An allen Jahrestagen der Verhaftung und an allen Geburtstagen des Fürsten hoffte Schubarts Frau auf die Zusage der Befreiung. 1779 wurde sie vom Herzog mit den Worten abgefertigt: »Sie kann versichert sein, daß ich für Sie und all die Ihrigen sorgen werde; gehe Sie hin und sei Sie ruhig.« Dann wandte sie sich an Franziska von Hohenheim, die ausrichten ließ, mit der Angelegenheit habe sie nichts zu schaffen. Im Dezember 1779 wurde sie vom Herzog zur Geduld verwiesen, auch meinten es ihre Ratgeber nicht gut mit ihr, wenn sie so oft erscheine. Im Januar 1780 klagte sie über »Cörberliche schwachheiten« und den »schmerz von der abermals fehl geschlagenen Hoffnung«. Dann meldete sie im Dezember 1780 freudestrahlend »dem Allmächtigen Lob und Preiß und Anbettung von nun an biß in Ewigkeit Halleluja« –, die herzogliche Durchlaucht habe die Gnade gehabt, dem Sohn Ludwig bei der Tafel mitzuteilen: »Er wird bald seinen Vater sehen, Er wird ihn besuchen«. Doch die Hoffnung trog – nichts geschah. Entweder war es taktisches Gerede oder eine satanische Laune – Schubart blieb auf dem »Tränenberg«. Aus Wut und Empörung hat er danach die *Fürstengruft* geschrieben, ein lyrisches Strafgericht über die Despoten, das, bald gedruckt, zur Verlängerung der Haft beigetragen haben soll. Anscheinend waren sehr handfeste Gerüchte im Umlauf, wonach Schubart nach seiner Entlassung als Lehrer an der Carlsschule unterrichten solle. Jedenfalls schrieb der Dichter an seine Frau (der zweite Brief nach der Aufhebung des Schreibverbots) am 7. Januar 1781: »Im übrigen dank ich Gott, daß ich nicht in die Akademie komme. Dieser Posten hat für mein Temperament und jetzigen Grundsätzen so viel Widerliches, daß ich meinen Ekel nicht beschreiben kann. Ich taug in keine Sklavenfabrik. Lieber als Dorfschulmeister für's Reich Jesu arbeiten als mit dem Titel eines Professors Sklav sein und Sklaven machen. Unterwürfigkeit werd' ich mir überall gefallen lassen, und das hab' ich gewiß in meiner vierjährigen Gefangenschaft gelernt, aber meinem Geist Fesseln anlegen lassen und selbst Geister in Ketten legen helfen, dafür behüt mich, lieber Herre Gott!« Der Brief und das Gedicht klingen anders als die Bekenntnisse eines reuigen Sünders. Der zum Papagei theologischer Fanatiker geschulte Gefangene hat sich anscheinend wieder gefangen, als ihm die Kommunikationsmöglichkeiten der Festungshaft gewährt wurden. Allerdings darf nicht übersehen werden, daß inzwischen auch eine Veränderung im Verwendungszweck des Gefangenen eingetreten war. Hatte man ihn vorher als Demonstrationsobjekt für christlichen Brachialunterricht benutzt, so durfte er fortan als poetisches Faktotum der Garnison dienen. Auf der Festung lag ein Bataillon, das für den Kampf der Engländer gegen die Kolonisten bestimmt war. Um die Mannschaft zu unterhalten, befahl der Kommandant Vergnügungen und Schubart eignete sich erwiesenermaßen vorzüglich dazu. »Komödien, Schäferspiele, Lieder mit Musik, Klaviersonaten die Menge« wurden von ihm geschrieben und in Szene gesetzt; auf dem Asperg entstand ein Theater, dessen Vorstellungen sogar vom Hof besucht wurden. Rieger, der dafür Dank einheimsen konnte, genoß auch die lobhudelnden Prologe Schubarts, in denen es z. B. heißt:

»Wir bringen ihm kein Meisterstück
Auf unsre arme Bühne;
Doch lesen wir mit frohem Blick
Die Huld in seiner Miene.«

Ähnlich untertänig klingt der Totengesang auf den Mitte Mai 1782 verstorbenen Kommandanten Rieger im Namen der Offiziere auf dem Asperg:

»Gott! Welch ein Anblick war's, als wir
Um seine Leiche standen! –
Und – ach! den schrecklichen Verlust,
Den Dolch gedreht in unsre Brust
Mit vollem Schmerz empfanden!«

Die kriecherischen Schmeicheleien werden verständlich, wenn man sich vor Augen führt, daß nach dem Ende der theologischen Exerzitien nur über die Ausbreitung solcher Talente Hafterleichterung zu erwirken waren. Listig entgegnete Schubart später auf den Vorwurf, er habe liebedienerische Texte fabriziert: »ich lobe nicht, was Er *ist*, sondern was Er sein *sollte*.« Die neuen Kommandanten wurden ebenfalls prompt angesungen – in der Hoffnung, neue Petenten für eine Freilassung zu gewinnen. Im Mai 1784 machte der Festungskommandant Seeger dem Herzog unter vielen Windungen den Vorschlag, den Schriftsteller gewerblich zu nutzen, »wenn nun Schubart seiner Schreibsucht eines Teils nicht widerstehen kann und andernteils zuverlässig mancherlei Aufforderungen von mehr als einem Ort an ihn ergehen werden, um von seiner Feder Nutzen zu ziehen«.

Der Dichter war längst zu einer lebenden Legende geworden: Schillers Flucht aus Württemberg im September 1782, die ungeheure Wirkung der *Fürstengruft* in ganz Deutschland und die allenthalben geäußerte Gewißheit, Schubart sei unrechtmäßig inhaftiert, hatten ihn außerordentlich populär gemacht. Ein Raubdruck seiner Gedichte war in Zürich erschienen, der Beifall für seine Lyrik nicht zu überhören. So entschloß sich der Herzog zu einem grotesken Coup: er ließ in der »Höchstdero Akademischen Buchdruckerei« eine rechtmäßige Ausgabe der geistlichen und weltlichen Gedichte Schubarts in zwei Bänden herstellen.

Verblümt teilte der Autor in einer »Nachricht ans Publikum« vom Mai 1785 mit, er habe eine Sammlung seiner Poesie gar nicht erwogen: »Ich dachte, sie mögen verhallen in den öden Zellen meiner Einsamkeit; mögen, vom Flügel begleitet, diesen oder jenen gefühlvollen Hörer auf Augenblicke unterhalten, mögen, gut deklamiert, dem oder jenem ein Paar Feuerflocken in die Seele werfen; so ist mein Endzweck erreicht; ich habe damit den Dämon *Langeweile* gebannt und gute Empfindungen im Herzen des Hörers geweckt und unterhalten. Allein der Wurf meines kleinen Sandsteinchens bildete weitere Kreise als ich je vermuten konnte. So viele große und edle Seelen – mein Genius grüßt und segnet sie in dieser heiligen Stunde des Wiedersehens – nahmen Anteil an meinem Schicksal; jeder Erguß meines Herzens, jeder Pinselstrich von der Nachtgrotte meines ehemaligen Gefängnisses, jeder der Menschheit so natürliche Aufschrei nach Freiheit, die allein die Wolke des Lebens vergüldet und die Menschen gottähnlich macht, erweckte Aufmerksamkeit bei ihnen.« Schubart ließ durchblicken, daß er seiner Popularität Tribut zolle, wenn er die Gedichte veröffentliche, gleichzeitig aber wies er auf das Vorläufige der unter den Bedingungen der Zensur entstehenden Ausgabe hin und gab einen zarten Hinweis auf seine noch nicht erloschene Freiheitsliebe, die »die Menschen gottähnlich macht«. Plänkelnd fast ließ er durchblicken, daß mit ihm weiterhin zu rechnen sei. Dieser Text steht ganz im Gegensatz zu den schaurigen pietistischen Selbstbezichtigungen.

Das Echo war außerordentlich: rund 3000 Subskribenten fanden sich für diese Ausgabe, unter ihnen Offiziere der Garnison und nicht weniger als 14 deutsche Regenten. Für den Herzog ein gutes Geschäft: er strich 2000 Gulden für sich ein und ließ Schubart von den Gesamteinnahmen nur 1000 anweisen. 1784 mußte der Festungskommandant ein »untertänigstes Gutachten« über einen möglichen weiteren Verwendungszweck des Häftlings anfertigen und empfahl die Anstellung als »Theaterdichter und Musikmeister«. Doch mußte Schubart noch weitere drei Jahre ausharren, bis er freigelassen wurde. Nach fast neun Jahren durfte ihn zum erstenmal seine Frau besuchen.

Die Befreiung schließlich verdankte er einem »preußischen Bombardement«: er hatte zwei hymnische Preislieder auf Friedrich den Großen gefertigt und fand damit den allergeneigtesten Beifall des Hofes in Berlin. Die Schubart-Begeisterung »ergriff die Gebildeten der Nation« (August Sauer) und auch die königliche Familie. Die Interpellationen trafen rei-

»Donna Schmergalina«, des Herzogs Lieblingsmätresse Franziska von Hohenheim

henweise ein. Vergeblich hatten schon Lavater, Goethe, Campe, der Markgraf von Baden, Prinz Georg von Darmstadt, die Prinzen von Gotha und Coburg und wohl auch Carl August von Weimar um Begnadigung gebeten. Nun meldeten sich weitere prominente Dichter der Zeit zu Wort: Karl Wilhelm Ramler, Ludwig Gleim und Anne Luise Karsch. Prinz Heinrich und Prinzessin Frederike von Preußen machten ihren Einfluß geltend, der preußische Minister Graf Herzberg schrieb im Namen des Königs an den württembergischen Herzog.

Am 11. Mai 1787, nach zehn Jahren und vier Monaten Haft, wurde die Entlassung wie der Schlußpunkt eines Festakts von Seiner Durchlaucht in Szene gesetzt: auf dem Asperg hielt Karl Eugen eine Truppenparade ab und Franziska von Hohenheim, inzwischen die Frau von Serenissimus, teilte Schubart das Ende seiner Gefangenschaft mit.

10.

Der Staatsfeind im Staatsdienst

Der Herzog fügte dieser Komödie ein Satyrspiel hinzu: er nahm den Rebellen ins Gnadenbrot und stellte ihn in Stuttgart als Hofpoeten, Musik- und Theaterdirektor an. Bei einer Audienz versprach er, seinem Untertanen »das Leben von nun an leicht und angenehm zu machen« (Schubarts Bericht). Er hatte wohl keine andere Wahl: er mußte fürchten, daß der Schriftsteller seinem Sohn Ludwig an den preußischen Hof nachfolgen und dort publizistisch auspacken würde. Ein Staatsfeind in Staatsdiensten war weniger gefährlich als ein emigrierter Journalist in einem fremden Land. Und Schubart, inzwischen 48 Jahre alt und durch die lange Haft zermürbt, wollte vermutlich nichts sehnlicher als: Ruhe. Er genoß die Freilassung, reiste in einer Art Triumphzug durch Orte seiner früheren Tätigkeit: Geislingen, Ulm und Aalen – ein lebendes Monument deutscher Fürstenwillkür war zu besichtigen.

Schon sechs Wochen nach seiner Entlassung erschien seine Zeitschrift wieder. Der Herzog hatte ihm Zensurfreiheit zugesichert; es wollte sich vermutlich kein Zensurrat der Aufgabe stellen, dem legendären Dichter der Freiheit in seinen Artikeln herumzupfuschen. Schubart war somit unmittelbar dem Herzog unterstellt, was die Arbeit nicht unbedingt erleichterte. Mit einem langen Artikel, den er seinem »Vaterland« widmete, machte sich Schubart wieder bemerkbar. Er hoffte, fürstliche Zusicherungen anführend, darauf, die Zeitschrift könne an ihre frühere Unabhängigkeit anknüpfen. Um den patriotischen Charakter der Zeitschrift zu betonen, nannte er sie 1787 *Vaterländische Chronik*. 1788/89 erschien sie dann unter dem knapperen Titel *Vaterlandschronik*. 1790 benannte sie Schubart erneut um und trug damit einer veränderten Zielsetzung Rechnung: »Die vaterländische Chronik wird künftig bloß den nackten Titel Chronik führen, nicht als wenn ich meine vaterländische Haut abstreifen und künftig in den Farben der neuen Patrioten spielen wollte! – o Vaterland, dir will ich treu sein bis in den Tod!! – sondern, weil ich meist mehr vom Auslande als vom Inlande zu schreiben habe.« Der in seine vormalige Tätigkeit wieder eingesetzte Journalist ließ keinen Zweifel, daß er von seinem Programm keine Abstriche machen wolle, wenn er die zeitgenössischen Journale kritisierte und tadelte als »politische Zeitungen, die kalt und trüb wie Schneewasser daherschäumen, zinngießermäßig politisieren und mit schalen Märlein und kühlen Fazetien die Lücken ausfülle, die der Schneckengang der Welt in ihrem Blatte gemacht hat«.

Schon diese erste Nummer machte Schwierigkeiten – »mit ihren beifälligen Äußerungen über Kaiser Josefs antihierarchisches Wirken, ihrer bedenklichen Hindeutung auf Rußlands und Österreichs steigendes Übergewicht und dgl.« (David Friedrich Strauß) bereitete sie ihrem Verfasser einigen Ärger. Oberst Seeger, der Vorgesetzte des Hofpoeten, hatte wohl in einem (nicht erhaltenen) Schreiben diesen Text gerügt. Am 14. Juli 1787 antwortete ihm Schubart – mit allen Floskeln der Ehrerbietung, aber doch voller zurückgestauter Wut –, daß sich inzwischen die Zeiten geändert hätten:

»Der Herzog, mein Herr, sind mit den Fortschritten der deutschen Literatur viel zu sehr vertraut, als daß es einem so tiefen und erleuchteten Forscher entgehen könnte, wie seit meiner Gefangenschaft die Freiheit im Schreiben so gewaltig zugenommen und welch ein kühner Ton iezt in allen Provinzen Deutschland herrsche.« Allerdings hielt die Versicherung, der Herrscher habe ihm Zusicherungen gegeben, nicht lange vor; die vier Jahre, die Schubart noch blieben, haben ihm, dem christlich geläuterten, psychisch ruinierten Journalisten, noch manchen Ärger eingebracht. Bereits das 3. Stück der *Chronik* führte zu einem heute unbegreiflichen Protest des dänischen Gesandten. Es folgten in den vier verbleibenden Jahren Proteste aus Preußen und Sachsen, aus Nürnberg und Landau; der Magistrat von Worms beschwerte sich und Schubart, wie in anderen Fällen zum Widerruf aufgefordert, übertrieb die Sklavensprache so sehr, daß Herrscherattitüde in ihr durchsichtig wurde: »Auf höchsten Befehl soll ich den im 50ten Stücke meiner *Chronik* eingeschalteten Artikel, den Zwist des Wormser Magistrats mit der Bürgerschaft betreffend, selbst rügen und hiemit öffentlich erklären, daß ich wirklich hierin zu weit gegangen und dem Ansehen des Magistrats zu Worms zu nahe getreten sei. Ich will daher jenen ganzen Artikel hiemit zurückgenommen haben.« Am 30. Juni denunzierte der Aufseher Seeger Schubart wegen eines Gedichts, in dem Schubart die Rückkehr des Herzogs Karl Eugen nach einer beschwerlichen England-Reise mitgeteilt und hinzugefügt hatte, Durchlaucht sei durch einen Schutzengel vor einem Unglück bewahrt worden:

»Da hat sein Arm dich aus dem Schiff gehoben,
Eh' es mit fürchterlichem Toben
Die wilde See verschlang.«

Der Sachverhalt: Karl Eugen hatte kaum das Schiff verlassen, da brach es zusammen. Der mittelbare (und die Untertanen wohl kaum aufregende) Hinweis, daß Allerhöchstdieselben beinahe einem Schiffsunglück zum Opfer gefallen seien, erregte die Wachsamkeit der Hofschranzen. Der Herzog, fest entschlossen, sich die Symbolfigur seiner gnädigen Landesfürstenlaune nicht durch treue Hofkameralisten rauben zu lassen, schrieb wegwerfend an den Rand des Seegerschen Denunziantenschreibens: »Erhalten und finde es unter meiner Würde, auf das Geschrei eines Blätterschreibers zu attendieren.«

Es traf die Zeitschrift von anderwärts: In Pfalzbayern wurde sie 1788 verboten. Ein Reflex des Einflusses der katholischen Fanatiker aus Augsburger und Ulmer Zeiten machte sich bemerkbar. Schubart schrieb wütend an seinen Bruder: »Der abscheuliche Bigott Zoglio, ein stinkendes Exkrement Ihro päpstlichen Heiligkeit [der päpstliche Nuntius], hat dieses Verbot veranlaßt.« An die 2000 Exemplare der *Chronik* wurden damals jedoch schon wieder verkauft, und die Auflage stieg konstant. Ihre Schärfe hat die Zeitschrift auch nach Schubarts Haft öfter unter Beweis gestellt. Aber insgesamt blieb sie hinter den früher gesetzten Maßstäben zurück. Viele Artikel der *Chronik* bestimmte ein unübersehbarer geistlicher Schwulst. Die Tonart war insgesamt bombastischer als früher, und Bürger, der das Organ »strotzend und aufgedunsen« nannte, bekam zur Antwort: »Ich will's glauben; der Asperg gähnt daraus hervor.«

Begeistert begrüßte Schubart den Ausbruch der französischen Revolution. Wäre ihm mehr Lebenszeit vergönnt gewesen: er hätte sich – wie Georg Forster – zu einem Propagandisten des welthistorischen Ereignisses entwickeln können. Laut Zeugnis seines Sohnes söhnte er sich zu Beginn der Revolution mit den Franzosen, die er oft genug angegriffen hatte, wieder aus, nannte ihre Nation die tonangebende »und blieb der Sache der Freiheit, unter allen Stürmen und Umschlägen, unerschütterlich treu«.

Vielleicht ist dieses Urteil, falls es eine – der politischen Geschichte Deutschlands in ihren Realien verpflichtete – Philologie wissen mag, ungenau oder falsch. Immerhin firmierte Schubart, wie schon erwähnt, seine Zeitschrift ab 1790 nur noch unter der schlichten Bezeichnung *Chronik*, weil er fortan mehr von ausländischen (französischen) als von einheimischen Ereignissen berichten wollte.

1791 protestierte Berlin in aller Form gegen eine Falschmeldung, derzufolge der »Günstling B. [Bischofswerder] in Ungnade gefallen sei«. Schubart, durch die Haft gesundheitlich sehr instabil, sah sich einer Anzahl von Drohbriefen ausgesetzt und nahm sich die Angelegenheit sehr zu Herzen; Anfälle von Melancholie befielen ihn. Bereits eine Woche nach dem Artikel vom 1. März widerrief er ihn in aller Form, aber danach sollte – wohl auf die diplomatischen Verwicklungen infolge dieser Falschmeldung hin – die herzogliche Zensur wieder eingeführt werden. In seinem letzten erhaltenen Brief schrieb Schubart an seinen Sohn mit Datum vom 19. Juli 1791: »Das Neue von hierorts ist, daß morgen die Geißel der Zensur das erstemal klatscht. Das Herzogliche Zensuredikt ist elendes Machwerk; lies es doch wundershalber in Elbens Chronik. Dieser durchlauchtig tolle Einfall wird wohl meine jährlichen Einkünfte um einige hundert Gulden vermindern…« Wenige Monate später starb Christian Friedrich Daniel Schubart, infolge »Schleimfiebers«, am 10. Oktober 1791, im Alter von 52 Jahren, 6 Monaten und 10 Tagen.

Noch um seinen Tod rankt sich eine Legende. Der Totengräber, einige Zeit nach der Beerdigung Schubarts in der Nähe des Grabes, sei durch ein unterirdisches Geräusch aufmerksam geworden, habe noch einmal den Sarg geöffnet und den Dichter auf dem Bauch liegend blutig zerkratzt vorge-

Schubart nach der
Entlassung aus der Haft.
Gemälde von Oelenhainz

funden. Er sei lebendig begraben worden. Eine romantische Schauerlegende, die von den Biographen auf die »Volksphantasie« (Klob) zurückgeführt wird. Aber sie setzt über den Tod hinaus zwei bezeichnende Rückverweise auf das Leben unseres Helden: daß er, wie Ahasver, nicht zur Ruhe kommen wollte, und daß er sich, auch in unvorstellbaren Situationen, gewehrt hat. David Friedrich Strauß schrieb: »Tief hat sich dem schwäbischen Volke der Contrast eingeprägt, welchen mit dem schranken- und rastlosen Geiste des Dichters dessen langwierige enge Kerkerhaft bildete; es schaute in Schubart ein Leben an, das, freiheitssuchend, in dumpfer Luft erstickt; er war der Lebendigbegrabene schon auf dem Asperg gewesen und hatte sich auch mündlich und schriftlich wiederholt so genannt: jetzt, nach seinem Tode, wurde die bildliche Anschauung zur sagenhaften Wirklichkeit.« So wäre es schön und nützlich, wenn die Legende ihre Kraft bewahrt hätte. Aber eine Laune der Geschichte will es, daß von den meisten Stürmern und Drängern die Gräber nicht erhalten sind. Auch von Schubart nicht. »Kein Kreuz, kein Leichenstein, keine Inschrift bezeichnet die Ruhestätte dieses flüchtigen Menschen.« (Karl Maria Klob)

Christian Friederich Daniel Schubarts
sämtliche

Gedichte.

Von ihm selbst herausgegeben.

Erster Band.

Stuttgart,
in der Buchdruckerei der Herzoglichen Hohen
Carls-Schule, 1785.

Der Poet

Aber kommt und schaut den Menschen im niedern Stande! Hier, wo keine künstliche Larve die Miene der Natur verbirgt; hier, wo die Leidenschaft frei vom Damme des Zwangs ausströmt und fortbraust; hier, wo man nicht französisch denkt und deutsch spricht oder umgekehrt; hier, wo die Akzente der Natur wie Lerchengesang in der Heitre ertönen; hier, wo man nicht selten die ersten Laute unsrer starken Sprache hört: – hier, Schriftsteller, mußt du lernen, wenn du willst neu und originell sein.

Schubart 1774

Der Schneider auf Reisen

Der Schneider Franz, der reisen soll,
Weint laut und jammert sehr:
»O Mutter, lebet ewig wohl,
Euch seh ich nimmermehr!«
Die Mutter weint entsetzlich:
»Das laß ich nicht geschehn,
Du darfst mir nicht so plötzlich
Aus deiner Heimat gehn.«

»O Mutter, nein, ich muß von hier,
Ist das nicht jämmerlich!«
»Mein Kind, ich weiß dir Rat dafür,
Verstecken will ich dich.
In meinem Taubenschlage
Verberg ich dich, mein Kind,
Bis deine Wandertage
Gesund vorüber sind.«

Mein guter Schneider merkt sich dies
Und tut als ging er fort,
Nahm kläglich Abschied und verließ
Sich auf der Mutter Wort.
Doch abends nach der Glocke
Stellt er sich wieder ein
Und ritt auf einem Bocke
Zum Taubenschlag hinein.

Hier ging er, welch ein' Wanderschaft
Im Schlage auf und ab
Und wartete, bis ihm zur Kraft
Die Mutter Nudeln gab.
Bei Tag war er auf Reisen,
Doch ach! in mancher Nacht
Da hatt' er mit den Mäusen
Und Ratten eine Schlacht.

Einst hatte seine Schwester Streit
Nicht weit von seinem Haus.
Er hört, wie die Bekämpfte schreit,
Und guckt zum Schlag hinaus.
Mein Schneiderlein ergrimmte,
Macht eine Faust und droht:
»Wär ich nicht in der Fremde,
Ich schlüge dich zu Tod!«

Der Wolf und der Hund

Zum Hunde, der schon manche Nacht
An seiner Kette zugebracht
Und, wann der Tag zu grauen fing,
Aufs Gay* mit seinem Metzger ging,
Sprach einstens Isegrimm: »Ei Bruder, wie so mager,
So schäbicht und so hager!
Du armer Hund!
Sieh mich mal an! wie froh und wie gesund
Ich bin! Ich rieche nach der Luft.
Mein Balg ist parfumirt mit mancher Staude Duft.
Ich hab' dir immer guten Fraß,

* *Gay*: das Land. »Aufs Gay gehen« soviel wie aufs Land gehen

Bald frisches Fleisch, bald fettes Aas.
Drauf leck' ich klaren Quell und traun!
Ich hab' dir immer gute Laun'.
»Du aber, ach!« versetzte Melak, »ach!
Herr Bruder, nur gemach;
Drum bist du Wolf, ich Hund! Du frei,
Ich aber in der Sklaverei.«

Und die Moral? – o die ist jedermann bekannt
In Deutschland und in Engelland.

Der Wanderer und Pegasus

W. Du, Flügelpferd, wo trabst du her
Mit unbeschlagnen Hufen?

P. Ein Deutscher hat mich übers Meer
Zu sich ins Haus gerufen.

W. Allein in London, Rom, Athen
Hast du viel besser ausgesehn;
Dir muß der Haber fehlen?

P. Mein deutscher Herr hat selbst kein Brot;
Drum läßt er in der Hungersnot
Es mir an Haber fehlen.

Märchen

Es starb einmal ein Bäuerlein;
Sein Engel, hell, wie Sonnenschein,
Mit einem güldnen Stabe wies
Dies Bäuerlein zum Paradies.

Es ging an den bestimmten Ort
Auf einer Morgenröte fort;
Kam an das Tor von Diamant,
Und klopfte sittsam mit der Hand.

St. *Peter* hütete die Tür
Und schrie: »Nun, wer ist wieder hier?«

»Ich bin ein armer Bauersmann,
Der auf der Erde nichts getan
Als seine Felder angebaut,
Mit einem Weibe sich getraut,
Die mir zum Stecken und zum Stab
Ein Dutzend derbe Buben gab.
In meinem Leben gab ich gern
Die Steuern meinem gnäd'gen Herrn;
Ich glaubte, was der Pfarrer sprach,
Kam treulich seinen Lehren nach,
Und zahlt' ihn redlich, wie mich deucht,
Für seine Predigt, Bet' und Beicht.

Ich starb. Er salbte mich mit Oel;
Ein Engelein wies meine Seel'
Zu dir ins Paradies herauf:
O heil'ger *Peter* mach mir auf!«

Nun öffnete die Pforte sich,
St. *Peter* sprach: »Ich lobe dich:
Du guter Mann verdienst gewiß
Ein Plätzchen in dem Paradies.
Du sollst's auch haben: Aber heut,
Mein Bäuerlein, fehlt mir die Zeit.
Wir feiren heut ein großes Fest,
Das mich an dich nicht denken läßt.
Geh dort in jene Laube hin,
Gewölbt von himmlischem Jasmin,
Und warte, bis ich komme, da,
Beim Nektar und Ambrosia!«

Das Bäuerlein sprach: »Habe Dank!«
Setzt' sich auf eine Veilchenbank,
Und wartete, bis *Peter* rief;
Erhabne Stille herrschte tief.

Doch plötzlich sprang das goldne Tor,
Der ganze Himmel war *Ein Chor*;
Es schwammen süße Simphonien
Durch den entzückten Himmel hin;
Der Schatten eines Priesters schwebt'
Herauf, vom Lobgesang erbebt'
Der Himmel: *»Leuchte wie ein Stern,*
Komm du Gesegneter des Herrn!«

Mit Abraham und Isaak saß
Der Selige zu Tisch, und aß
Das erstemal Ambrosia;
Und *Amen* und *Hallelujah*!
Sang laut der Seraphimen Chor
Um des entzückten Priesters Ohr.
Und erst am Himmelsabend kam
St. *Peter* vor das Tor und nahm
Mit sich den armen Bauersmann,
Und wies ihm auch sein Plätzchen an.

Der Bauer faßte wieder Mut,
Und sprach: »Herr *Peter*, sei so gut,
Und sag mir, warum war denn heut'
Im Himmel solche große Freud?«

»Sahst du's dann nicht«, sagt *Peter* drauf,
»Ein frommer Priester schwebt' herauf?
Drum hat ob seiner Seligkeit
Der Himmel solche große Freud!«

»So müssen«, fiel der Bauer ein,
»Im Himmel lauter Feste sein,
Weil's ja viel tausend Priester gibt,
Und jeder seinen Herrgott liebt?«

St. *Peter* lachte laut dazu,
Und sprach: »Du liebe *Einfalt* du!
Ich, der ich bald *zweitausend Jahr*
Türhüter in dem Himmel war,
Hab' vor den Pfaffen gute Ruh;
Doch solche Bauernkerls wie du,
Die kommen oft so häufig an,
Daß ich sie nimmer zählen kann.«

Dies Märchen hat *Hans Sachs* erdacht,
Und es in Knittelvers gebracht:
Doch ärgert dich's, mein frommer Christ,
So denk, daß es ein Märchen ist!

An den Zeitungsschreiber in Liliput

In Liliput (ich glaubt' es kaum,
  Doch *Swift* erzählt's!) sind Leute,
So groß als ungefähr mein Daum,
  Man denk erst in die Weite!
Da müssen sie gewiß so klein
  – Als eine Mücke bei uns sein.

An Stupor

Herr Stupor spricht: bei meiner Ehre!
  Kein *Deutscher* hat Genie!
»Sie hätten recht, Herr Stupor, wäre
  Das ganze Volk so dumm wie *Sie*!«

An Ihro Gnaden

Es kennen Ihro Gnaden
Redouten, Maskeraden,
Die Prüden und Koquetten
An ihren Toiletten.
Sie sprechen mit der Base
Französisch durch die Nase,
Sie können Deutschland schimpfen;
Vornehm, mit Naserümpfen;
Den Bürger stolz verachten,
Und, die nach Weisheit trachten,
Bestraft Ihr kühner Tadel? –
Mein Seel'! Sie sind von Adel!

Freiheitslied eines Kolonisten

Hinaus! Hinaus ins Ehrenfeld
    Mit blinkendem Gewehr!
Columbus, deine ganze Welt
    Tritt mutig daher!

Die Göttin *Freiheit* mit der Fahn',
    (Der Sklave sah sie nie)
Geht, Brüder, seht! sie geht voran!
    O blutet für sie!

Ha, Vater *Putnam** lenkt den Sturm,
    Und teilt mit uns Gefahr;
Uns leuchtet, wie ein Pharusturm**
    Sein silbernes Haar!

Du gier'ger Brite, sprichst uns Hohn?
    Da nimm uns unser Gold!
Es kämpft kein Bürger von Boston
    Um sklavischen Sold!

Da seht Europens Sklaven an,
    In Ketten rasseln sie!
Sie braucht ein Treiber, ein Tyrann
    Für würgbares Vieh.

Ihr reicht den feigen Nacken, ihr,
    Dem Tritt der Herrschsucht dar? –
Schwimmt her! hier wohnt die Freiheit, hier!
    Hier flammt ihr Altar!

Doch winkt uns Vater *Putnam* nicht?
    Auf Brüder, ins Gewehr!
Wer nicht für unsre Freiheit ficht,
    Den stürzet ins Meer!

Herbei, Columbier, herbei!
    Im Antlitz sonnenrot!
Horch, Brite, unser Feldgeschrei
    Ist Sieg oder Tod.

* *Putnam*: amerikanischer General im Unabhängigkeitskrieg gegen die Engländer

** *Pharusturm*: Leuchtturm auf der Insel Pharus: eines der sieben Weltwunder der Antike

Der gnädige Löwe

Der Tiere schrecklichsten Despoten
Kam unter Knochenhügeln hingewürgter Toten
Ein Trieb zur Großmut plötzlich an.
»Komm«, sprach der gnädige Tyrann
Zu allen Tieren, die in Scharen
Vor seiner Majestät voll Angst versammelt waren;
»Komm her, beglückter Untertan,
Nimm dieses Beispiel hier von meiner Gnade an!
Seht, diese Knochen schenk' ich euch!«
»Dir«, rief der Tiere sklavisch Reich,
»Ist kein Monarch an Gnade gleich!«
Und nur ein Fuchs, der nie den Ränken
Der Schüler *Machiavells* geglaubt,
Brummt in den Bart: »Hm, was man uns geraubt,
Und bis auf's Bein verzehrt, ist leichtlich zu verschenken!«

Schlittenlied

Schon wiehert der Schimmel
Sein mutig Geschrei;
Er stampft; denn es glitten
Geflügelte Schlitten
Am Stalle vorbei.

Was wichsest du, Kutscher,
Den Schnurrbart? – Spann an!
Und schirre den Schimmel;
Denn schön ist der Himmel
Und prächtig die Bahn.

Hopp! heisa! Wie fliegt schon
Der Schlitten dahin!
In sausender Eile,
Wie zischende Pfeile,
So fliegt er dahin.

Schon hängt an der Mähne
Ein silberner Duft;
Der Himmel ist heiter,
Die Seele wird weiter
Und schwimmt in der Luft.

Harmonische Glocken
Ertönen wie schön!
Welch himmlische Klänge,
Wie Vogelgesänge,
Wie Flötengetön!

Es schüttelt der Schimmel
Der Schellen Musik;
Kling, ling, ling, wir lassen
Geglättete Straßen
Im Fluge zurück.

Dort zittert im Froste
Ein weibischer Tor,
Ein menschliches Häschen,
Der's weidliche Näschen
Beinahe verlor.

Doch laßt es dort zittern,
Das Männchen von Brei!
Es klatsche die Peitsche,
Wir rollen als Deutsche
Im Fluge vorbei.

Schon sprudelt die Flasche
Vom rheinischen Most;
Trinkt, fröhliche Brüder,
Wein, Mädchen und Lieder
Verjagen den Frost.

Über die Entstehung der *Fürstengruft* gibt es widersprüchliche Angaben. Die wahrscheinlichste macht Ludwig Schubart (*Schubarts Karakter*): »Die *Fürstengruft* trug er seit seinem Aufenthalte in München [1773] stets in der Seele, wo ein Requiem in der Gruft die erste Idee in ihm entzündet hatte; wollte sie mehrmalen zu Ulm schon ausführen, zürnte sie aber erst im dritten Jahre seiner Gefangenschaft nieder, als ihm Herzog Karl auf einen gewissen Termin hin ausdrücklich seine Freiheit versprochen hatte und dieser Termin ohne Erfüllung vorübergegangen war. Er diktierte dieses Gedicht eines Abends einem Fourier in die Feder bis zu der Strophe »Wo Todesengel nach Tyrannen greifen ...«, nachdem er sich vorher sehr stark gegen den Herzog erhitzt hatte; und es hieß hier ausdrücklich: »Facit iracundia versum« [die Verse wurden im Zorn geschrieben]. Nachher nahm er nur wenige Veränderungen damit vor; und es ist ganz ohne sein Zutun und sehr voreilig ins »Deutsche Museum« eingeschickt worden: denn es machte gleich nach seiner Erscheinung so viel Aufsehen, daß dem Herzoge etwas davon zu Ohren kam und Seine Durchlaucht einen ihrer Günstlinge in den unangenehmen Fall setzten, Ihnen das Gedicht laut vorlesen zu müssen. Dieser Umstand hat, wie ich gewiß weiß, vieles zur Verlängerung seines Arrests beigetragen.« Ludwig Schubarts Darstellung hat große Wahrscheinlichkeit. In der Haft evozierte der Gefangene Bilder, die in ihm schon lange angelegt sind wie die Visionen seiner Zerknirschung. Die Fürstengruft besteht aus einem Verlies, in das nur wenig Tageslicht dringt; der Besucher befindet sich in schauriger Einsamkeit, inmitten eines Inventars von Totengebein, Moder und Schreckbildern. Schubart beschreibt eine »Schauergrotte«, und vorher schon, in der Mitte des Gedichts, hat die ausgemalte Situation seine eigene ganz unverblümt erreicht: »im Felsengrab, verächtlicher als Sklaven, / In Kerker eingemaurt«.

Der Gefangene hat seine Rolle imaginär vertauscht: er besucht den Ort seiner Haft, den Platz der Abgestorbenheit als Beobachter und Kommentator eines Schicksals, das die Verursacher seines und vieler anderen Unglücks trifft, die Vergänglichkeit hat sie hinweggerafft und das Strafgericht Gottes wird die angeblichen Herrscher über Leben und Tod ereilen. Nur die guten Fürsten, die das Volk »satt und froh« gemacht haben, werden auf Lohn rechnen können. Dieses

Die Fürstengruft

Da liegen sie, die stolzen Fürstentrümmer,
Ehmals die Götzen ihrer Welt!
Da liegen sie, vom fürchterlichen Schimmer
Des blassen Tags erhellt!

Die alten Särge leuchten in der dunkeln
Verwesungsgruft, wie faules Holz;
Wie matt die großen Silberschilde funkeln,
Der Fürsten letzter Stolz!

Entsetzen packt den Wandrer hier am Haare,
Geußt Schauer über seine Haut,
Wo Eitelkeit, gelehnt an eine Bahre,
Aus hohlen Augen schaut.

Wie fürchterlich ist hier des Nachhalls Stimme,
Ein Zehentritt stört seine Ruh'!
Kein Wetter Gottes spricht mit lauterm Grimme:
O Mensch, wie klein bist du!

Denn ach! hier liegt der edle Fürst, der gute,
Zum Völkersegen einst gesandt,
Wie der, den Gott zur Nationenrute
Im Zorn zusammenband.

An ihren Urnen weinen Marmorgeister,
Doch kalte Tränen nur, von Stein,
Und lachend grub vielleicht ein welscher Meister
Sie einst dem Marmor ein.

Da liegen Schädel mit verloschnen Blicken,
Die ehmals hoch herabgedroht,
Der Menschheit Schrecken! denn an ihrem Nicken
Hing Leben oder Tod.

Nun ist die Hand herabgefault zum Knochen,
Die oft mit kaltem Federzug
Den Weisen, der am Thron zu laut gesprochen,
In harte Fesseln schlug.

Tableau, in den letzten vier Strophen entworfen, ist nicht als versöhnlicher Schluß angelegt, sondern als rhetorische Figur des Antagonismus: der aufgeklärte, moralisch und zum Nutzen seiner Untertanen regierende Herrscher ist im Vergleich zu den verkommenen und verrotteten Regenten kaum skizziert. Sein Bild scheint inmitten der Untergangswelt nur schwach auf, als ferne Utopie.
Schubarts Bildlichkeit bezieht sich auf seine eigene reale Haftsitutation, zugleich aber auch auf seine christlich fromme Bußfertigkeit. Die Schreckensbilder seiner Zerknirschung sind nach außen gewendet; in einem Akt verzweifelter Gegenwehr und ohnmächtiger Emphase schreitet er den Raum für eine metaphorische Strafexpedition ab. Alle Möglichkeiten, das Thema in balladesker Distanz abzuhandeln, sind abgeschnitten; schrill und grell rebelliert er auf dem Papier im Namen jener Prinzipien von Moral und Tugend, die ihm in den ersten Jahren auf dem Asperg eingebleut worden sind.

Der Freiheitsbaum

Zum Totenbein ist nun die Brust geworden,
Einst eingehüllt in Goldgewand,
Daran ein Stern und ein entweihter Orden
Wie zween Kometen stand.

Vertrocknet und verschrumpft sind die Kanäle,
Drin geiles Blut wie Feuer floß,
Das schäumend Gift der Unschuld in die Seele
Wie in den Körper goß.

Sprecht Höflinge, mit Ehrfurcht auf der Lippe,
Nun Schmeichelein in's taube Ohr!
Verräuchert das durchlauchtige Gerippe
Mit Weihrauch, wie zuvor!

Er steht nicht auf, euch Beifall zuzulächeln,
Und wiehert keine Zoten mehr,
Damit geschminkte Zofen ihn befächeln,
Schamlos und geil, wie er.

Sie liegen nun, den eisern Schlaf zu schlafen,
Die Menschengeißeln, unbetraurt,
Im Felsengrab, verächtlicher als Sklaven,
In Kerker eingemaurt.

Sie, die im ehrnen Busen niemals fühlten
Die Schrecken der Religion,
Und gottgeschaffne, bessre Menschen hielten
Für Vieh, bestimmt zur Fron;

Die das Gewissen, jenen mächt'gen Kläger,
der *alle Schulden* niederschreibt,
Durch Trommelschlag, durch welsche Trillerschläger
Und Jagdlärm übertäubt;

Die Hunde nur und Pferd' und fremde Dirnen
Mit Gnade lohnten, und Genie
Und Weisheit darben ließen; denn das Zürnen
Der Geister schreckte sie; –

Die liegen nun in dieser Schauergrotte
Mit Staub und Würmern zugedeckt,
So stumm! so ruhmlos! noch von keinem Gotte
Ins Leben aufgeschreckt.

Weckt sie nur nicht mit eurem bangen Ächzen
Ihr Schaaren, die sie arm gemacht,
Verscheucht die Raben, daß von ihrem Krächzen
Kein Wütrich hier erwacht!

Hier klatsche nicht des armen Landmanns Peitsche,
Die Nachts das Wild vom Acker scheucht,
An diesem Gitter weile nicht der Deutsche,
Der sich vorüberkeucht!

Hier heule nicht der bleiche Waisenknabe,
Dem ein Tyrann den Vater nahm;
Nie fluche hier der Krüppel an dem Stabe,
In fremdem Solde lahm.

Damit die Quäler nicht zu früh erwachen,
Seid menschlicher, erweckt sie nicht.
Ha! früh genug wird über ihnen krachen
Der Donner am Gericht.

Wo Todesengel nach Tyrannen greifen,
Wenn sie im Grimm der Richter weckt,
Und ihre Gräul zu einem Berge häufen,
Der flammend sie bedeckt.

Ihr aber, bessre Fürsten, schlummert süße
Im Nachtgewölbe dieser Gruft!
Schon wandelt euer Geist im Paradiese,
Gehüllt in Blütenduft.

Jauchzt nur entgegen jenem großen Tage,
Der aller Fürsten Taten wiegt;
Wie Sternenklang tönt euch des Richters Waage,
Drauf eure Tugend liegt.

Ach, unterm Lispel eurer frohen Brüder –
Ihr habt sie satt und froh gemacht –
Wird eure volle Schale sinken nieder,
Wenn ihr zum Lohn erwacht.

Wie wird's euch sein, wenn ihr vom Sonnenthrone
Des Richters Stimme wandeln hört:
»Ihr Brüder, nehmt auf ewig hin die Krone,
Ihr seid zu herrschen wert.«

Die Forelle

In einem Bächlein helle,
    Da schoß in froher Eil'
Die launige Forelle
    Vorüber wie ein Pfeil.
Ich stand an dem Gestade
    Und sah in süßer Ruh'
Des muntern Fisches Bade
    Im klaren Bächlein zu.

Ein Fischer mit der Rute
    Wohl an dem Ufer stand,
Und sah's mit kaltem Blute,
    Wie sich das Fischlein wand.
So lang dem Wasser Helle,
    So dacht' ich, nicht gebricht,
So fängt er die Forelle
    Mit seiner Angel nicht.

Doch plötzlich war dem Diebe
    Die Zeit zu lang. Er macht
Das Bächlein tückisch trübe,
    Und eh' ich es gedacht,
So zuckte seine Rute,
    Das Fischlein zappelt dran,
Und ich mit regem Blute
    Sah die Betrogne an.

Die ihr am goldnen Quelle
    Der sichern Jugend weilt,
Denkt doch an die Forelle;
    Seht ihr Gefahr, so eilt!
Meist fehlt ihr nur aus Mangel
    Der Klugheit. Mädchen, seht
Verführer mit der Angel!
    Sonst blutet ihr zu spät.

Der Gefangene

Gefangner Mann, ein armer Mann!
    Durch's schwarze Eisengitter
Starr' ich den fernen Himmel an,
    Und wein' und seufze bitter.

Die Sonne, sonst so hell und rund,
Schaut trüb auf mich herunter;
Und kömmt die braune Abendstund',
So geht sie blutig unter.

Mir ist der Mond so gelb, so bleich,
Er wallt im Witwenschleier;
Die Sterne mir – sind Fackeln gleich
Bei einer Totenfeier.

Mag sehen nicht die Blümlein blühn,
Nicht fühlen Lenzeswehen;
Ach! lieber säh' ich Rosmarin
Im Duft der Gräber stehen.

Vergebens wiegt der Abendhauch
Für mich die goldnen Ähren;
Möcht' nur in meinem Felsenbauch
Die Stürme brausen hören.

Was hilft mir Tau und Sonnenschein
Im Busen einer Rose?
Denn nichts ist mein, ach! nichts ist mein,
Im Muttererdenschoße.

Kann nimmer an der Gattin Brust,
Nicht an der Kinder Wangen,
Mit Gattenwonne, Vaterlust
In Himmelstränen hangen.

Gefangner Mann, ein armer Mann!
Fern von den Lieben allen,
Muß ich des Lebens Dornenbahn
In Schauernächten wallen.

Es gähnt mich an die Einsamkeit,
Ich wälze mich auf Nesseln;
Und selbst mein Beten wird entweiht
Vom Klirren meiner Fesseln.

Mich drängt der hohen Freiheit Ruf;
Ich fühl's, daß Gott nur Sklaven
Und Teufel für die Ketten schuf,
Um sie damit zu strafen.

Was hab' ich, Brüder! euch getan?
Kommt doch, und seht mich Armen!
Gefangner Mann! ein armer Mann!
Ach! habt mit mir Erbarmen!

Branntweinlied eines Schusters

(Aus einer Hanswurstias)

O Fläscherl, hübsch und fein,
Gefüllt mit Branntewein!
Du bist des Wurstels Freude,
Bist seine Schnabelweide.
Gluk gluk, gluk, gluk, gluk
Gluk, gluk — — —
O goldner Branntewein,
Wie süß schlüpfst du hinein!

O Fläscherl, stärke mich,
Komm her, ich küsse dich.
Sei g'scheid, mein liebes Weiberl,
Ich bring' dir's zu, mein Täuberl.
Gluk — — — —
Gluk — — — —
O goldner Branntewein,
Wie süß schlüpfst du hinein!

Wenn ich des Morgens trink',
Bin ich zur Arbeit flink;
Kann sohlen, steppen, nähen,
Den Draht im Takte drehen.
Schluk, schluk — — —
Schluk — — — —
O goldner Branntewein,
Wie süß schlüpfst du hinein.

Macht mich der Gerber toll,
Wenn ich ihn zahlen soll;
So denk' ich: hol' der Sperber
Den Ledrer samt dem Gerber.
Gluk, gluk — — —
Gluk — — — —
Beim Gläschen Branntewein
Fällt keine Schuld mir ein.

Trink' ich ein Gläschen Spitz,
Krieg' ich Verstand und Witz.
Dann tanz' ich nach der Fiedel,
Sing' hübsche deutsche Liedel.
Gluk, gluk — — —
Gluk — — — —
O goldner Branntewein,
Wie süß schlüpfst du hinein!

O Fläscherl, hübsch und fein,
Mein Schätzerl sollst du sein;
Will dich mit nassen Blicken
Oft an mein Goscherl drücken.
Gluk, gluk, gluk gluk, gluk,
Gluk, gluk, gluk gluk, gluk.
Es lebe hübsch und fein
Mein Fläscherl Branntewein!

Warnung an die Mädels

Es sah ein Mädel jung und zart
Einst einen Offizier.
Das Port d'Epee, die Achselschnur
Und seine modische Frisur
Behagte trefflich ihr.

Willst mich? so fragt der Offizier
Das Mädel husch: Ich will!
Drauf war das Pärlein wohlgemut
Auch ging's dem Weiblein anfangs gut
Sie hatte Hüll' und Füll'.

So lang der Krieger fechten kann,
Hält man ihn lieb und wert.
Doch wenn ihm Jugendkraft gebricht;
So wird des Fürsten Angesicht
Gar bald von ihm gekehrt.

Taratara! ins Feld! ins Feld!
Das arme Weiblein schreit;
Denn bald Kartätschenfeuer kam
Und schoß ihr liebes Männchen lahm,
Bei aller Tapferkeit.

Da lag der lahme Krieger da,
Ihn heilte keine Kur;
Er hinkte nun am Krückenstab;
Der Fürst ihm seinen Abschied gab;
Jedoch in Gnaden nur.

Das arme Pärchen wandert nun
Auf Bettelfuhren fort.
Doch endlich ging der lahme Held
Von einem Strohsack aus der Welt
Und kam an bessern Ort.

Da jammert nun das arme Weib
Auf seinem Grab und spricht:
»Ihr Mädels, alles in der Welt,
Nehmt Männer, wie es euch gefällt,
Nur einen Kriegsmann nicht!«

Der Bettelsoldat

Mit jammervollem Blicke,
Von tausend Sorgen schwer,
Hink' ich an meiner Krücke
In weiter Welt umher.

Gott weiß, hab viel gelitten,
Ich hab' so manchen Kampf
In mancher Schlacht gestritten,
Gehüllt in Pulverdampf.

Sah manchen Kameraden
An meiner Seite tot,
Und mußt' im Blute waten,
Wenn es mein Herr gebot.

Mir drohten oft Geschütze
Den fürchterlichsten Tod,
Oft trank ich aus der Pfütze,
Oft aß ich schimmlicht Brod.

Ich stand in Sturm und Regen
In grauser Mitternacht,
Bei Blitz und Donnerschlägen
Oft einsam auf der Wacht.

Und nun nach mancher Schonung,
Noch fern von meinem Grab,
Empfang' ich die Belohnung
Mit diesem Bettelstab.

Bedeckt mit dreizehn Wunden,
An meine Krück' gelehnt,
Hab' ich in manchen Stunden
Mich nach dem Tod gesehnt.

Ich bettle vor den Türen,
Ich armer lahmer Mann!
Doch ach! wen kann ich rühren?
Wer nimmt sich meiner an?

War einst ein braver Krieger,
Sang manch Soldatenlied
Im Reihen froher Sieger;
Nun bin ich Invalid.

Ihr Söhne, bei der Krücke,
An der mein Leib sich beugt,
Bei diesem Tränenblicke,
Der sich zum Grabe neigt.

Beschwör' ich euch – ihr Söhne!
O flieht der Trommel Ton!
Und Kriegstrommetentöne!
Sonst kriegt ihr meinen Lohn.

Die Aussicht

Schön ist's, von des Tränenberges Höhen
Gott auf seiner Erde wandeln sehen,
Wo sein Odem die Geschöpfe küßt.
Auen sehen, drauf Natur, die treue,
Eingekleidet in des Himmels Bläue,
Schreitet, und wo Milch und Honig fließt!

Schön ist's, in des Tränenberges Lüften
Bäume sehn, in silberweißen Düften,
Die der Käfer wonnesummend trinkt;
Und die Straße sehn im weiten Lande,
Menschenwimmelnd, wie vom Silbersande
Sie, der Milchstraß' gleich am Himmel, blinkt.

Und der Neckar blau vorüberziehend,
In dem Gold der Abendsonne glühend,
Ist dem Späherblicke Himmelslust;
Und den Wein, des siechen Wandrers Leben,
Wachsen sehn an mütterlichen Reben,
Ist Entzücken für des Dichters Brust.

Aber, armer Mann, du bist gefangen;
Kannst du trunken an der Schönheit hangen?
Nichts auf dieser schönen Welt ist dein!
Alles, alles ist in tiefer Trauer
Auf der weiten Erde; denn die Mauer
Meiner Veste schließt mich Armen ein!

Doch herab von meinem Tränenberge
Seh' ich dort den Moderplatz der Särge;
Hinter einer Kirche streckt er sich
Grüner als die andern Plätze alle:
Ach! herab von meinem hohen Walle
Seh' ich keinen schönern Platz für mich!

Lisel an Michel

Mein trauter Michel ist so gut,
So gut wie er gibt's keinen;
Wenn ihn mein Auge sehen tut,
So möcht's vor Freuden weinen.

Kein Apfel ist so rot und rund
Wie sein Gesicht und Wangen;
Wie Rosenblätter ist sein Mund,
Dran Honigtropfen hangen.

Die Äugelein sind rund und scharf
Als wie Rebhühneraugen;

Sie könnten, wenn man's sagen darf,
Des Nachts für Sternlein taugen.

Wer ist so flink und rasch wie er,
Im Tanzen, Werfen, Springen;
Wer kann im Dorfe trefflicher
Zum Dudelsacke singen?

Wer ist so launig, so voll Scherz,
Beim Flegel und der Sichel;
Und wer hat ein so gutes Herz
Als wie mein lieber Michel?

Denkt nur, er ist erst achtzehn Jahr;
Man sieht's an seinem Kinne,
Am schlanken Wuchs, am weichen Haar,
Und an der hellen Miene.

Weiß wohl, es gibt der Mädels mehr,
Die meinen Michel lieben;
Drum fällt's mir armem Mädel schwer,
Die Hochzeit zu verschieben.

Noch heute werd' ich seine Frau,
So wahr ich Lisel heiße!
Daß nicht ein andres Mädchen schlau,
Den Michel mir entreiße.

Michel an Lisel

Wer ist wohl auf der ganzen Welt
Vergnügter als ein Bauer?
Sein Haus und Hof und Ackerfeld
Macht's Leben ihm nicht sauer.
Hat er ein Weibchen noch dazu:
O Bauer, wie vergnügt bist du!

Ich hab' ein Mädel – Dudeldum!
O Gott, so zuckersüße.
In Dorf und Stadt und weit herum
Gibt's nichts wie meine Lise.
So jung und schön, so rot und braun
Und immer von so guter Laun'.

Mein' Lisel ist mir herzlich gut,
Und ich ihr gleicherweise.
Sie schenkt mir Bänder auf den Hut,
Und ich – ich schenk' ihr Sträuße.
Nun Dudelsack, so tummle dich!
Kein Mensch ist so vergnügt wie ich.

Bauern. Aus einem Kalender auf das Jahr 1772

Seit Ende des 17. Jahrhunderts waren viele Regimenter aus Deutschland im Auftrag ausländischer Staaten für Kriegsdienste tätig, aber erst in der zweiten Hälfte des 18. Jahrhunderts wuchs die Zahl der verkauften Landeskinder erheblich an. Rund 30000 Mann, vor allem aus Hessen, dienten in englischem Sold gegen die aufständischen amerikanischen Kolonisten, nur 17000, also kaum mehr als die Hälfte, kehrten zurück. Im März 1776 wurde im House of Lords in London eine Debatte geführt, bei der ein Oppositionsredner, Lord Camden, den Menschenhandel deutscher Duodezfürsten scharf verurteilte: »Das Ganze ist nichts als ein gemeiner Schacher um die Miete von Truppen auf der einen, und um den Verkauf menschlichen Blutes auf der anderen Seite, und die auf solche Weise als Schlachtopfer erhandelten und in ihr Schicksal ergebenen armen Wichte sind elende Söldner im schlimmsten Sinne des Wortes.«

Das Kapregiment diente 24 Jahre im Sold einer fremden Macht; als nach dem amerikanischen Unabhängigkeitskrieg die Gegensätze zwischen den Engländern und den Holländern aufbrachen, ließ Karl Eugen eine Truppe von rund 2000 Mann ausheben; sie sollte der Ostindischen Kompagnie, also nicht einmal einer staatlichen Macht, zum Schutz ihrer wirtschaftlichen Interessen dienen. Karl Eugen, der bereits 1757 ohne Einverständnis der Landstände fünf württembergische Regimenter mit 6000 Mann gegen drei Millionen Gulden an Frankreich für den Kampf gegen Friedrich II. abgetreten hatte, bot die Truppen formaljuristisch auf der Grundlage eines Leihsystems an, aber faktisch waren die Soldaten Besitz der Kompagnie. Karl Eugen hatte für den Nachschub zu sorgen und erhielt eine einmalige Abfindung von rund 300000 Gulden; außerdem kam eine Summe von 72000 Gulden für den Truppentransport nach Holland hinzu sowie ein Betrag von 65000 Gulden für den Nachschub. Die Truppen waren offiziell Freiwillige, insgeheim aber hatte man ganze Dörfer umstellt und die jungen Burschen einfach zur Unterschrift unter den Werbevertrag gezwungen. Die Mannschaften waren zeitweilig auf dem Asperg stationiert, ihr Kommandeur, General von Hügel, auch Befehlshaber der Festung. Schubart schrieb am 22. Februar 1787: »Künftigen Montag geht das aufs Vorgebirg der guten Hoffnung bestimmte württembergische Regiment ab. Der Abzug wird einem Leichenkondukte gleichen, denn Eltern, Ehemänner, Liebhaber,

Kaplied

Auf, auf! ihr Brüder und seid stark,
 Der Abschiedstag ist da!
Schwer liegt er auf der Seele, schwer!
Wir sollen über Land und Meer
 Ins heiße Afrika.

Ein dichter Kreis von Lieben steht,
 Ihr Brüder, um uns her;
Uns knüpft so manches teure Band
An unser deutsches Vaterland,
 Drum fällt der Abschied schwer.

Dem bieten graue Eltern noch
 Zum letztenmal die Hand;
Den kosen Bruder, Schwester, Freund;
Und alles schweigt, und alles weint,
 Totblaß von uns gewandt.

Und wie ein Geist schlingt um den Hals
 Das Liebchen sich herum:
Willst mich verlassen, liebes Herz,
Auf ewig? und der bittre Schmerz
 Macht's arme Liebchen stumm.

Ist hart! drum wirble du, Tambour,
 Den Generalmarsch drein.
Der Abschied macht uns sonst zu weich,
Wir weinten kleinen Kindern gleich;
 Es muß geschieden sein.

Lebt wohl, ihr Freunde! Sehn wir uns
 Vielleicht zum letztenmal;
So denkt, nicht für die kurze Zeit,
Freundschaft ist für die Ewigkeit,
 Und Gott ist überall.

An Deutschlands Grenze füllen wir
 Mit Erde unsre Hand,
Und küssen sie, das sei der Dank
Für deine Pflege, Speis und Trank,
 Du liebes Vaterland!

Geschwister, Brüder, Freunde verlieren ihre Söhne, Weiber Liebchen, Brüder, Freunde – wahrscheinlich auf immer. Ich hab ein paar Klagelieder auf diese Gelegenheit verfertigt, um Trost und Mut in manches zagende Herz auszugießen. Der Zweck der Dichtkunst ist, nicht mit Geniezügen zu prahlen, sondern ihre himmlische Kraft zum Besten der Menschheit zu gebrauchen.«
Das *Kaplied* (und das Gedicht *Für den Trupp*) vertonte Schubart zusätzlich: die Verse wurden in einer Broschüre gedruckt und fanden ungeheure Verbreitung.

Ein Werbeplakat aus der Zeit des Soldatenhandels. Um 1740

Wenn dann die Meereswoge sich
　　An unsern Schiffen bricht,
So segeln wir gelassen fort;
Denn Gott ist hier und Gott ist dort,
　　Und der verläßt uns nicht!

Und ha, wenn sich der Tafelberg
　　Aus blauen Düften hebt,
So strecken wir empor die Hand,
Und jauchzen: Land! ihr Brüder, Land!
　　Daß unser Schiff erbebt.

Und wenn Soldat und Offizier
　　Gesund ans Ufer springt,
Dann jubeln wir, ihr Brüder, ha!
Nun sind wir ja in Afrika.
　　Und alles dankt und singt.

Wir leben drauf in fernem Land
　　Als Deutsche brav und gut.
Und sagen soll man weit und breit,
Die Deutschen sind doch brave Leut,
　　Sie haben Geist und Mut.

Und trinken auf dem Hoffnungskap
　　Wir seinen Götterwein;
So denken wir, von Sehnsucht weich,
Ihr fernen Freunde, dann an Euch;
　　Und Tränen fließen drein.

Für den Trupp

Hell auf, Kameraden! der kriegrische Ton
Der Trommel und Pfeife ermuntert uns schon.
Frisch, schnallt den Tornister den Rücken herum,
Und schickt euch zum Marsche, nur seht euch nicht um.

Denn Abschied von Freunden und Mädchen fällt schwer,
Und Weinen ziemt braven Soldaten nicht sehr;
Sie folgen gehorsam des Führers Gebot
und rüsten sich freudig zum Abschied und Tod.

Scheint nicht auch die Sonn' und der Mond auf dem Kap,
Und leuchten die Sterne nicht dorten herab?
Und wehen nicht Winde im blühenden Hain?
Gibt's dorten nicht Wildpret, nicht Fische, nicht Wein?

Auch sagt man, es gebe von rosiger Laun'
Dort Mädels hübsch schwärzlich, hübsch weißlich und braun:
Und haben Soldaten Gold, Mädchen und Wein,
So können die Fürsten nicht glücklicher sein.

Drum munter, Soldaten! der Marsch ist zwar weit,
Doch frohe Gesänge verkürzen die Zeit;
Und wenn uns das Wasser des Meeres umfleußt,
So gibt Gott Gesundheit und fröhlichen Geist.

Ha, wenn wir die Spitze von Afrika sehn,
Und Winde vom Ufer im Federbusch wehn;
Dann jauchzen wir alle im Wonnegefühl:
Hell auf, Kameraden! nun sind wir am Ziel!

Wir leben drauf selig und handeln nach Pflicht,
Und achten Hyänen, die Wilden selbst nicht.
So wird auf dem Wasser, so wird auf dem Land
Der Name des braven Soldaten bekannt.

Toleranz

Der dicke Franz nahm eine Hur' ins Haus.
    Sein Nachbar Melcher sprach:
Ei Franz, jag doch das Mensch hinaus!
    Im ganzen Dorf spricht man dir Übels nach.
Hm, sprach der aufgeklärte Franz,
    'S ist dummes Volk, weiß nichts von Toleranz.

Noch etwas an sie

Du Tochter Gottes, Toleranz,
Weißt du, wer dich im Sonnenglanz
In Deutschlands Städte führte? –
Der Fürsten Herz regierte
Oft Wahrheitsstrahl! doch meistenteils – *Finanz*.

Frage

Warum ist mir das Morgenrot
So blutgestreift? die Welt so tot?
Warum strahlt mir das Sonnenlicht
Oft so beschwerlich ins Gesicht?
Und warum weint die Wolke mir?
Was trau'rt der Linde Blütenzier?
Die Lüfte wimmern: jedes Bild
Ist mir in Trauerflor gehüllt!
Der Tau, beglänzt vom Sonnenschein,
Däucht mir, vom *Schmerz* geweint zu sein,
Die Wohlgerüche in der Luft
Umschwimmen mich, wie Gräberduft;
Die lieben Blümlein allzumal
Sind mir versengt im Sonnenstrahl.
Der Vogel aus der Luft herab
Tönt mir, wie Sterbgesang am Grab;
Und alles, alles um mich her
Scheint kummervoll und tränenschwer.
Die Farben grün und weiß und rot
Sind abgestanden, schwarz und tot.
Die Menschen, deren Trost ich such',
Sind Geister, die im Leichentuch
Mich ansehn bleich, und furchtbarstumm:
Du guter Gott! warum, warum?
Hast du der ganzen Erde Pracht
Zu einem Totenschlund gemacht?
Ach nein! die Welt ist noch wie vor,
Nur dem, der, Freiheit! dich verlor,
Ist diese Welt, so schön gemacht,
Ein Totenschlund voll Fluch und Nacht;
Wo alles heult, den Schädel schlägt,
Verzweiflung brüllt, und Ketten trägt!
O Gott im Himmel mach mich frei
Aus dieser Höllentäuscherei!

Die Wucherer

(Ein Volkslied)

Im großen Dorfe *Haberstätt*
Geht's um.
Sobald der Wächter Zwölfe ruft,
Rumort's daher, saust in der Luft
Und rast im Dorf herum.

Zwölf Geister heulen fürchterlich:
»O weh!
Der Fluch der Sünde macht uns bang,
Verworfen hat uns – ach wie lang!
Der Rächer in der Höh'.«

Da schlingt das Weib sich um den Mann
Herum.
Die Kindlein schlüpfen unter's Bett,
Und alles ist zu Haberstätt
Vor Todesängsten stumm.

Wie betet da das ganze Dorf
So heiß:
Wir arme Bauern bitten dich,
Gott, treibe von uns gnädiglich
Dies höllische Geschmeiß!

Der Pfarrer, der im Swedenborg*
Studiert,
Und als ein tief gelehrter Mann
Mit allen Geistern sprechen kann,
Wagt es und exorziert.

Vom Grabe eines Frommen sprach
Der Mann:
»Ihr Geister aus dem Schattenreich,
Im Namen Gottes frag' ich euch:
Sagt, was habt ihr getan?«

* *Swedenborg*: Emanuel von (1688–1722), schwedischer Theosoph, der sich göttlicher Offenbarungen rühmte und an Verbindung zur Geisterwelt glaubte

Da kam ein Geist, wie Säulenrauch
Von Torf.
Dem Pfarrer bebt das Herz wie Sulz.
Hohl sprach der Geist: »Ich war der *Schulz*
Einmal in diesem Dorf.

Dies war ein *Müller*, der ein *Wirt*,
Und der
Schulmeister gar; die andern acht
Sind *Bauern* – durch des Teufels Macht
Sind wir zwölf Wucherer.

Auf unsern Böden lag die Frucht
Wie Sand.
Oft gab der Himmel Fruchtbarkeit;
Doch wir erschufen teure Zeit
Gar weit umher im Land.

Denn Korn und Wein verschlossen wir
Mit Fleiß.
Und brach herein die Hungersnot
Verkauften wir erst Wein und Brot
Um teuflisch hohen Preis.

Wir haben uns mit Armenblut
Genährt.
Wir haben der Bedrängten Schrei,
Geblendet von der Täuscherei
Des Wuchers, nicht gehört.

Wir starben, Geister peitschten uns
Hinab.
Dreihundert Jahre sind es bald,
Daß solchen Greuelaufenthalt
Uns Gottes Rache gab.

Doch wird vom Fluch einst unser Geist
Befreit,
Wenn's hier im Dorf zwölf Bauern gibt,
Wo jeder Treu' und Glauben liebt,
Und schwarzen Wucher scheut.

O weh, es schaurt der Morgen schon,
Fort, fort!
O weh, noch werden wir nicht los.
Des Jahres Segen ist zu groß
Hinab an unsern Ort!«

Husch, rasselt's fort. Der Pfarrer fiel
Aufs Knie,
Und bat: Verwirf uns nicht im Grimm,
Die Bauern sind doch gar zu schlimm;
Ach Herr, bekehre sie!

Du gabst uns, Gott! ein gutes Jahr;
Doch laurt
Der Wuchrer schon, wie er die Frucht
In Scheunen zu verbergen sucht,
Und unsern Wein vermaurt.

Verschlossen ist, o Wucherer,
Dein Herz.
Doch harre, Sünder, bald zerbricht
Es Gottes Donner am Gericht
Mit unnennbarem Schmerz.

Fürsten

Ihr Fürsten, einstens im Gedränge
Der unzählbaren Menschenmenge,
Wird mancher unter euch noch an der Seite stehn,
Die ihr mit Hohn – als Bettler habt gesehn.

Deutscher Freiheitsgeist

Der Teufel hol, sprach Metzger *Pfund*,
Den ganzen Rat! – Er sprach's mit tobendem Gebrülle.
Doch plötzlich kam – des Bürgermeisters *Hund*:
Der Prahler *Pfund* stand auf – beugt sich – war
mäuschenstille.

*Auf eine Bastilletrümmer von der Kerkertüre Voltaires**

die dem Verfasser von Paris geschickt wurde

Dank dir, o Freund, aus voller Herzensfülle
Für die Reliquie der greulichen Bastille,
Die freier Bürger starke Hand
Zermalmend warf in Schutt und Sand.

Zertrümmert ist die Schauerklause,
Die einst, o *Voltaire*, dich in dumpfe Nacht verschloß.
Kein Holz, kein Stein, kein Nagel bleibe von dem Hause,
Wo oft der Unschuld Zähre sich ergoß!

Drum, Biedermann, empfange meinen Segen
Für diese Trümmer, die du mir geschickt;
Sie ist mir teurer als ein goldner Degen,
Womit einst ein Tyrann die Freien unterdrückt.

An die Herrscher der Erde

Soll wieder unsre Welt im Blute schwimmen,
  Weil euer Herrscherstolz gebeut,
Und euer Donnerruf die Stimmen
  Der Friedenssöhne überschreit?
Ach schrecklich ist's, der Menschen Mark vergeuden
  Und mit der Würgehand
Umwühlen in der Menschen Eingeweiden,
  Vom Schlachtendurst entbrannt!
Steckt eure Schwerter in die Scheide,
  Laßt eure Donnerschlünde ruhn!
Gibt's größern Ruhm, gibt's reinre Freude,
  Als Friede geben, Gutes tun?

* *Von der Kerkertüre Voltaires*: Voltaire, eigentlich Francois Marie de Arouet (1694–1778), französischer Schriftsteller, ein Hauptvertreter der Aufklärung, wurde in seiner Jugend wegen Majestätsbeleidigung zu Kerker verurteilt

Friedensgöttin komm, ich flehe

Friedensgöttin komm, ich flehe
Dir mit hochgehobner Hand,
Komm herab von deiner Himmelshöhe,
Dich bedarf mein armes Vaterland.

Sieh, im Maienmonde wollen
Heere ziehen in das Feld.
Wie sie schon die Augen blutig rollen,
Zu verheeren eine ganze Welt!

Freude flieht vor Mavors Rufe*,
Der sich schlachtendurstig naht;
Seiner kriegerischen Rosse Hufe
Stampfen, knicken unsre Frühlingssaat

Blumen sterben, wo die Sohle
Eines ehrnen Kriegers geht;
Traurig liegt das Röschen, die Viole,
Jedes Blümchen auf zertretnem Beet.

O so komm, du Friede, nieder,
Sänftige der Krieger Sinn.
Tausend Deutsche, alle brav und bieder,
Grüßen dich, du Himmelskönigin.

Die Welt ist nun des Menschenmordens müde

Die Welt ist nun des Menschenmordens müde;
Die Krieger ziehn aus finsterm Streit.
Vom Himmel kommt – sein schönster Sohn, der Friede,
Und mit ihm kommt die Fruchtbarkeit.
Es neigen sich vor ihm die ährenschweren Halme,
Die nun kein Pferdehuf zerknickt.

Und weit herum ertönen Friedenspsalmen
Und Volksgesänge hochentzückt.
O seid es wert, ihr, Deutschlands Bürger,
Durch Tugend seid des Friedens wert.
Daß Mavors nicht, der höllentflohne Würger,
Auf ewig euer Land verheert.

* *Mavors*: anderer Name für den römischen Kriegsgott Mars

Der Journalist

> Price sagt in einer seiner neusten Schriften: Leute, die im dummen Gehorsam sich unter das Joch der despotischen Obrigkeit beugen, sind nicht viel besser als das Vieh, das vor seinem Treiber hergeht und nichts mehr hört als das Klatschen der Geißel. Ein unruhiges, zu Rebellionen geneigtes Volk ist gewöhnlich ein großes Volk. – Hu! Er hat recht!
>
> *Schubart 1776*

Vorbericht

Ein verzweifelter Entschluß ist's, in unsern hiperkritischen Tagen ein *Wochenblatt* zu schreiben, das bei der zahllosen Menge anderer noch Leser finden soll. Der Geschmack, dieses Camäleon, welches noch kein *Home, Gérard, Garve, Mendelssohn, Sulzer, Riedel* und *Flögel** richtig definiert hat, ist so verschieden unter den Deutschen, daß mehr als Menschenkräfte darzu gehören, alle zu befriedigen. Der liebt politische Reflexionen, dieser Literatur, jener Kunst und einige wollen Verse; dort ruft einer: sei keck! der andere: sei bescheiden! dieser liebt Feuer, jener Wasser; einen vergnügt Posaunenschall, den andern der schnarrende Ton des Dudelsacks. – Welche verschiedene Wünsche! welcher Geschmack! – Das *erste Vierteljahr* meiner *deutschen Chronik*, welches ich hiemit dem Publikum vorlege, ist vielleicht ein kleiner

* *Home*: Henry, Lord of Kames (1696–1782), englischer Theoretiker; schrieb eine Abhandlung über die Elemente der Kritik. Wirkung auf Kant. *Gérard*: Alexander, Essayist, Prof. im schottischen Aberdeen. *Garve*: Christian (1742–1788), Philosoph und Essayist, Gegner des Kantschen Kritizismus. *Mendelssohn*: Moses (1729–1786), jüdischer Popularphilosoph, Freund Lessings und Nikolais. *Sulzer*: Johann Georg (1720–1779), Ästhetiker, Hauptwerk über *Theorie der schönen Künste*. *Riedel:* Ästhetiker, Vorläufer Kants, 1767 seine Theorie der schönen Künste. *Flögel:* Karl Friedrich (1729 – 1788), Literarhistoriker, Werke über die Theorie des Grotesken und des Komischen

Versuch, diesen bunten Geschmack des Publikums einigermaßen zu vergnügen. Indeß weiß ich gar wohl, wie weit ich noch von dem Ideal abstehe, das ich mir zu erreichen wünsche. Beinahe scheint's in Deutschland, nach der *itzigen* Verfassung unmöglich zu sein, eine gute politische Zeitung zu schreiben. Bei jedem kühnen Gedanken, der dem Novellisten entwischt, muß er einen Seitenblick auf öffentliche Ahndungen werfen; dann wird er furchtsam und kalt. Daher der schläfrige Ton der meisten Zeitungsverfasser, der in schwülen Tagen so manchen Politiker im Großvatersstuhl in Schlummer wiegt.

In Abyssinien, schreibt *Bruce**, haben sie eine ganz artige Einrichtung, Zeitungen zu verfertigen. Verschiedene Gelehrte sind von Staate aufgestellt, sie zu verfertigen. Dieser besorgt *auswärtige*, jener *inländische* Nachrichten, welche ihnen von beeidigten Personen mitgeteilt werden. Einer hat Literatur, der andere Ökonomie und Naturlehre, dieser Kunst, jener Sittenlehre. Der Staatscensor, welcher die Sitten des Volkes bemerkt, liefert dem Moralisten gute und böse Züge aus dem Nationalcharakter, welche dann dieser zur Besserung des Volks benutzt. Wer noch nach diesen weisen Verfügungen eine Unwahrheit begeht, dem wird die Nase abgeschnitten. – Wer doch in Abyssinien wäre! Aber wie stünds mit unsern Nasen? –

Bei aller widrigen Lage, in der ich bin, will ich mich doch bemühen, meinem Ideale immer näher zu kommen, und so viel sich's tun läßt, Politik, Literatur, Dichtkunst, Musik und bildende Künste miteinander abwechseln lassen. Lob und Tadel soll mir willkommen sein; jenes mich zu ermuntern und dieser mich immer aufmerksamer zu machen.

* *Bruce*: James (1730–1794), englischer Afrika-Reisender, schrieb eine fünfbändige Geschichte seiner Abessynienreisen (1790)

Ein Stückgen Polizei

Der Kaiser* arbeitet an einer neuen Kleiderordnung, wo sich jeder Stand durch eine vorgeschriebene Uniform auszeichnen soll. Vortrefflich! da wird man dann nicht mehr Gefahr laufen, vor einem Schneider eben die tiefe Verbeugung zu machen wie vor einem Konsulenten. Der Luxus hat die Karte gewaltig gemischt; da liegt oft der Bub auf der Dame und die Sau auf dem König. Wie gut wär es, wenn wir einmal ein äußerliches Merkmal (denn der Mensch läßt sich doch am liebsten durch die Sinne leiten) von Stand und Verdiensten hätten! – Aber wie wohlfeil würden alsdann die Sackuhren mit ihrem tändlenden Gehenke; die goldnen Stockknöpfe, die brillantnen Ringe, die Dressen – und ach! wie wohlfeil die stoffnen Kleider, die Saloppe, die Uhren, die großen Fächer und Sonnenschirme unsrer Damen aus dem Bürgerstande werden! –

Aus dem 18. Stück vom 30. Mai

*Eine Anekdote aus Solanders Reisen***

Ich landete 'mal auf einer Insel im Südmeer. Da kam mir der laute Schall der Innwohner entgegen, daß ich erschrak. Hörte aber bald, daß dies sehr lustige Leute waren. Versammelt auf einer langen Wiese saßen sie und aßen, spielten, plauderten, liebten. Sie winkten mir. Ich trat zu ihnen und weil die Amerikanischen Inselsprachen nur im Dialekte verschieden sind, so konnt' ich mich ihnen bald verständlich machen. Die Leute waren schlecht gekleidet, hatten blasse aufgedunsne Gesichter; ihre Felder waren unbebaut, ihre Kinder wuchsen heran wie's Vieh, und doch war alles lustig. Ich ging mit in ihre

* *der Kaiser*: Joseph II. (1741–1790), seit 1765 deutscher Kaiser

** *Solanders Reisen*: Daniel Solander (1736–1782), Naturforscher und Zoologe, Unterbibliothekar des Britischen Museums

Stadt Akaknana genennt; unter deren Toren las ich: *Glücklich durch den Müßiggang!* In der Stadt waren alle Wirtshäuser voll und aus allen Wohnungen schallte die Stimme der Freude. Ihr Calender war ohngefähr so eingerichtet: Im *Frühling* genießt man der schönen Jahrszeit: im *Sommer* kühlt man sich ab: im *Herbste* geht man in Obstgärten spazieren, und im *Winter* wärmt man sich. Sonntag, der Ruhe geweiht; Montag ist blau gefärbt; Dienstag ein Viehmarkt; Mittwoch Namenstag; Donnerstag und Freitag wird zu Ader gelassen; am Samstag schläft man aus. So lebte mein Hausherr in der Woche, da ich bei ihm war. Ein lustiges Volk, dacht' ich, bei dir ist gut sein. Ich blieb auch vier Wochen da, und hörte und sah nichts trauriges – außer, daß die Bürger zuweilen über die Götter murrten, daß kein Geld unter den Leuten wäre.

Daß sich doch die Engelländer gleich breit machen, wenn sie ein bischen gereist sind! Wir habens nicht nötig, einer so poßierlichen Kolonie zu lieb, so weit zu reisen; gibts doch mitten in Deutschland Akaknaner. — Komm nur, Solander; wirst's sehen! *Aus dem 39. Stück vom 11. August*

Eine Fabel. Der Esel und der Holsteiner

Ein Esel ging bedächtlich auf der Landstraße einher und sah nicht weit vor sich einen mutigen Holsteiner stolpern. Im kalten Moralistentone sprach der Esel: »Siehst du, so geht's allen mutwilligen Rossen. Gingest du so bedächtlich wie ich und zähltest alle Steine auf der Landstraße, würdest gewiß nicht stolpern.« »Ha, Esel! der du so schnell den Fehler eines Augenblicks bemerkst, weißt du auch, daß ich heute schon zwölf Meilen zurückgelegt habe? Meine Tugenden sind Tugenden eines Rosses; und wenn ich falle, so richt' ich mich als Roß auf. Geh' doch, Esel, bist ja zu dumm, um *stolpern* zu können.«
Was das Holsteiner Pferd zum Esel sagte, das könnte der Dichter Sturm zum kalt epanorthosierenden* Dunz sagen: »Herr, meine Tugenden verstehen Sie nicht und zu meinen Fehlern sind Sie zu dumm.« *Aus dem 42. Stück vom 22. August*

* *epanorthosierend*: zum Guten mahnend

Deutsche Chronik.

auf das Jahr 1774.

herausgegeben

von

M. Christ. Fried. Daniel

Schubart.

Zweytes Vierteljahr.

vom 27sten bis 52sten Stück.

Ulm,

gedruckt bey Chr. Ulrich Wagner,

und zu finden

in Augsburg,

bey Conrad Heinrich Stage.

Sittenlehre

...Eine Hauspostill, ein Gesangbuch und ein Kalender, und alle drei oft erbärmlich eingerichtet, das ist die ganze Leserei unsrer meisten Bürger. Die leeren Stunden verspazieren, verplaudern, verrauchen, vertrinken, ist ihnen weit angenehmer, als ihrer Seele durch Lesung nützlicher Schriften Nahrung zu verschaffen. Daher kommt auch die unverzeihliche Unwissenheit und der abscheuliche Aberglauben, in dessen Nächten noch die meisten Bürger meines Vaterlandes wandeln.

Aus der 1. Beilage/August

Neuigkeiten in einem Klumpen

Wenn ich wie Laidions Seele*, leicht wie Morgengewölk über unsrer Atmosphäre schwebte und mit geweihten Engelaugen unsre Erdkugel unter mir schwimmen sähe: was könnt ich dir wirklich itzo sagen, lieber Leser? Vielleicht würd ich ausrufen: Wie lieblich ist diese Kugel bemalt. Berge, Hügel, Seen, Ströme, Flüsse, Meere, die den Schaum fast an meine Ferse spritzen und – das possierliche Gemisch der Geschöpfe, die auf dieser Kugel kriechen. Dort sitzt einer auf einem Erdenkloß, nennt ihn Thron und sagt den Geschöpfchen, die vor ihm kriechen: Er sei König. Der andere setzt sich auf eine Nußschale, äfft die burleske Gravität des Königleins nach und sagt den Würmlein, die vor ihm kriechen (man nennt sie Höflinge): Ich bin euer Fürst. Dort wimmelt's zwischen den Mauren von Menschen mit Fesseln an Händen und Füßen, beißen in ihren Rettich und jauchzen empor: Wir sind Republikaner! Es lebe die Freiheit! Dort stürzt ein Krämer, und sein Fall hebt den andern: – Jener Bonze predigt seiner unwissenden Gemeinde Unsinn vor und ruft über alle, die diesen Unsinn nicht für Prophetengeist halten, das Anathema

* *Laidions Seele*: Anspielung auf die Hauptfigur des Romans *Laidion* von Wilhelm Heinse (1746–1803), in dem angeblich an der Antike, doch anspielungsreich an den gesellschaftlichen Verhältnissen in Deutschland Kritik geübt wird

aus. Der reitet auf Elias' Sonnenpferden in Himmel und erzählt der gaffenden Menge Feenmärchen. – Feurio! – dort brennt's! – Lärm! Lärm! – Dort braust die Wasserflut und schwemmt Greise und Kinder auf Krankenlagern und in Wiegen mit weg.– Ach! es bebt die Erde! Ha! wie schrecklich sind die Mienen der Angst und der Verzweiflung im Angesichte ihrer Bewohner. – Dort wandelt ein Weiser im Eichenhaine und schaut vom Wipfel der ältesten Wotanseiche zufrieden gen Himmel. Auf weichem Sofa schlummert dort ein nordischer Dümmling in den Armen einer Sirene ein, und – dort schneidt sich ein Dichter die Kehle ab, weil ihn sein Vaterland hungern ließ. Will alles verloren haben, lieber Leser! wenn nicht dies, was ich dir eben erzählt habe, in dem Augenblicke geschieht, da ich's schrieb und da du's liest.

Aus dem 44. Stück vom 29. August

Eine Zeitung aus dem Jahr 1800

Wenn ich am Anfange des künftigen 19ten Jahrhunderts noch lebte und ich oder ein anderer eine deutsche Chronik schrieb, was würd ich meinen Lesern wohl vom Erfolge der gegenwärtigen allgemein gewordenen Erziehungsanstalten sagen können? – Bis dahin muß man in der Tat tausend Früchte davon sehen. Vielleicht – ach Gott gebe! – folgendes:
Ich durchreiste im letzten Jahre des vorigen Jahrhunderts einige Provinzen meines Vaterlandes und kam mit einem Entzücken zurücke, das mir nur der Patriot nachempfinden kann.
Noch denk ich's wohl, wie zur Zeit des Jesuitersturzes eine Art von Manie herrschte, Erziehungspläne zu machen und Pädagogiken zu schreiben. Was wird daraus werden, dacht ich damals, guter Gott? – Und nun hab ich's erlebt und sehe meine geizigsten Wünsche erfüllt. Durch ganz Österreich scheint der Odem irgendeiner unsichtbaren wohltätigen Gottheit zu wehen. Ist es die Stifterin dieser Anstalten, die große *Maria Theresia*, die nun als Schutzgeist über ihre Nation wacht? – Ich kam auf ein großes weites Feld und wunderte mich, wie alles so weislich angebaut war. Der Geist des

Kunstfleißes herrschte da überall – und das Ideal des philosophischen Bauren* war hier realisiert. – Fruchtbare Äcker, Wiesen mit fettem, wallendem Grase bedeckt; Hügel, die Efeu und Reben umkrochen; eine wohlgehaltne grasende Herde, die ihren Dank für die weise Sorgfalt ihrer Pfleger gen Himmel zu brüllen schien; ländliche Gärten, in denen Schönheit, Ordnung und Nutzbarkeit vereiniget waren! – Das Dorf, wozu diese Felder gehörten, lag vor mir, so schön, so bezaubernd, als ich jemals eines auf den Landschaften eines Teniers, Dietrichs, Harpers und Kobels** aus dem heiligen Dunkel der Bäume hervorstechen sah. Ein Landmann näherte sich mir mit fünf Söhnen, denen das Inkarnat*** der Gesundheit und der ländlichen Zufriedenheit auf den Wangen glänzte. Ihr Großvater, ein ehrwürdiger Greis, war in ihrer Mitte. Sie sprachen mit ihrem Vater in dem reinsten Deutsche von dem Ackerbaue, der Landwirtschaft und einigen gemeinnützigen Gegenständen der Naturlehre mit solcher Richtigkeit und in einem so gemeinsinnigen Tone, daß ich vor Freuden ganz außer mir war. Vom zufriedenen Auge des Vaters schwang sich die Seele der Knaben empor zu Gott, zur Religion, zur ausübenden Sittenlehre und streuten passende Beispiele aus der Bibel ein. Endlich schlossen sie mit der Wissenschaft, seine Gesundheit zu erhalten und mit dem Lobe ihres großen Kaisers *Joseph*, daß dem Alten die Tränen über die Wangen träufelten und der entzückte Vater ausrief: Wohl uns, daß unsere Tage in *Josephs* Tage fielen! Seid ihr die einzigen Glücklichen in diesem Dorfe? sagt ich – Herr begleiten Sie uns! Sie sind gewiß ein Fremder? – sagte ein Baurenknabe. Ich ging mit ihm und fand im Dorfe Geschäftigkeit, Ordnung und einfältige Sitte durch Grundsätze erhalten; Reinlichkeit und eine Schulanstalt, die vortrefflich war. Der Lehrer saß unter seinen Schülern mehr mit der Miene des Vertrauten als des Lehrers. Er erklärt' ihnen eben ein Stück

* *das Ideal des philosophischen Bauern*: Bezug auf eine Schrift des Zürcher Arztes H. C. Hirzel (1725–1803), die unter dem Titel *Die Wirtschaft eines philosophischen Bauern* in zweiter Auflage 1774 erschien und u. a. auf eine ökonomische Verbesserung der Landwirtschaft abzielte

** *Teniers, Dietrich, Harper, Kobel*: flämische und deutsche Maler aus dem 17. und 18. Jahrhundert

*** *Inkarnat*: das Rot, die frische Farbe des Gesichts

aus der Naturlehre mit solcher Wärme, daß einige empfindsamen Knaben über die Größe ihres Schöpfers in den Werken der Natur weinten. Eben diese weise Einrichtung fand ich auf allen andern Dörfern, und die Menge ihrer Bewohner ließ mich's fühlen, welchen Einfluß gute Erziehungsanstalten auf die Bevölkerung eines Staats haben. Auch die Mädgen genossen hier in besonderen Schulen Unterricht im Christentume, in der Haushaltungskunst und in den Pflichten des Landmädgens – als Tochter, Weib und Mutter. Gesundheit glänzte wie Morgenrot auf ihren Wangen, ungekünstelt war ihre Sitte, einfältig ihre Kleidung, unschuldig ihre Spiele, und sie schienen mir so liebenswürdig wie die unverdorbne Tochter der Natur zu sein. – Die Prediger waren Leute voll Einfalt und Gottesmacht – Vertraute dieser glücklichen Wohnungen, Richter in ihren kleinen häuslichen Zwistigkeiten, Pfleger der Gesunden und Kranken, und wenn sie predigten, so war's die Stimme der Liebe und nicht die Stimme des Fluchs – in donnrenden Wettern gesprochen. –

Laß mich, lieber Leser, in meinem nächsten Stücke in diesem süßen Ausblick in die Zukunft fortfahren. Die neuste Einrichtung und Verbesserung des deutschen Schulwesens in den kaiserlichen Landen hat mich darzu verleitet. Unwillig komm ich zurück
auf das Jahr 1774.

Aus dem 46. Stück vom 5. September

*Philadelphia**

Der Geist der Freiheit wird in diesen Gegenden immer lebendiger; aber nicht der ungestüme Geist, der in Zügellosigkeit ausartet, sondern ein Geist, der von Weisheit, Mäßigung und Standhaftigkeit gelenkt wird. Philadelphia ist schon seit vielen Jahren ein Zusammenschluß von verschiedenen Nationen, insbesondere befinden sich daselbst sehr viele Deutsche, die mit deutschem Fleiße das dasige Land bearbeiten, so daß

* *Philadelphia*: Ort, wo im Sept./Okt. 1774 die amerikanischen Kolonien ihren Generalkongreß abhielten und später George Washington zu ihrem Feldherrn wählten

es an nichts einen Mangel hat, was zur Erhaltung und Gemächlichkeit der Menschen gehört. Sie haben also nicht nötig, fremde Produkte herbeizuschaffen: denn ihr Land bietet ihnen alles selbsten. Alle diese Umstände sind starke Reize zur Freiheit, und es wird viel sein, wenn sie nicht itzt oder in kurzem einen Freistaat bilden werden, der selbst dem Mute und der Weisheit der Briten trotzen kann. In Boston bilden sich bereits Gesellschaften, um Manufakturen und in denselbigen ihr Geld anzulegen. Man verschließt den dasigen Hafen und legt dadurch den Grund zu künftiger Erhöhung dieser Stadt. Engelland fängt schon an, in einem sehr gelinden Tone mit den Männern von Boston zu sprechen. Sie haben einen neuen Plan wegen der dasigen Angelegenheiten entworfen. Diesem Plan zufolge sollen die Kolonien in eine allgemeine Regierung oder Republik vereinigt werden, dessen Oberhaupt ein Vizekönig sein solle, den Engelland ernennen wird. Man rechne in den englischen Kolonien 4 bis 5 Millionen Einwohner und über 100000 in den Waffen geübte Männer. Wenn diese Leute fortfahren, sich vom Geiste der Einigkeit regieren zu lassen, so sind sie gegen Anfälle einer jedweden Macht unüberwindlich.

Aus dem 59. Stück vom 20. Oktober

Etwas aus dem Tierreich

Die Füchse zeichneten sich 'nmal im Tierreiche durch Verschlagenheit und Einsicht so aus, daß ihnen durch einen allgemeinen Reichsschluß die Erziehung der Jugend anvertrauet wurde. Aber sie waren so schlau, daß sie ihren Zöglingen nichts als Worte ohne Verstand lernten; dadurch erhielten sie eine Art von Oberherrschaft übers ganze Tierreich. Ein alter Pavian sah dies mit Unwillen, trat in einer Tierversammlung auf und sagte: Schämet euch der Fesseln, die euch die Füchse anlegen, und streift sie ab! Sie tyrannisieren über euch durch ihren Witz und bilden einen Staat im Staate. Mir, mir folgt! Ich will euch unterrichten! Ich will euch zeigen, daß die Weisheit kein Monopolium habe. Ich, ich – Das ganze Tierreich brüllte dem Pavian Beifall zu und jagte die Füchse aus dem

Lande. Und nun war der Pavian der allgemeine Pädagog aller Tiere. Seine Meinungen, seine Lehren galten allein, waren allein weise. Ein Uhu sah dem Unfug aus einer Felsenblende zu und sagte: O, ihr Narren! Vor wart ihr Sklaven aller Füchse und nun seid ihr Knechte eines einzigen Affen.
Und die Moral? Such's, wer will.

Aus dem 64. Stück vom 7. November

Welt

Wenn mein Geist über dich emporflöge, Erde, mein mütterlich Land, was würd ich sehen? Eine mit der schönsten musivischen* Arbeit eingelegte Kugel, drauf die Menschen, die doch die Hauptrolle spielen, kaum bemerkt werden. Und doch macht man so viel Lärmens von den Taten, Handlungen, Geschichten, die auf diesem Weltkügelein vorgehen. An jedem Posttage guckt die Neugier durchs Gitter, hungert nach Zeitungen und schilt den Novellisten, der – nichts Neues weiß. Hätte mein Lebtag nicht geglaubt, daß es ein so langweiliges Geschreib ums Zeitungsschreiben sei als jetzt, da ich's Handwerk noch kein Jahr treibe. Eine Zeitung sieht aus wie die andere; da machen sie dir beständig vor den großen Herren knicks, lassen kein Geburts-, Namens- oder Vermählungsfest vorbeigehen, ohne mit dem Hütlein unter dem Arm in der demütigsten Stellung sich im Vorsaale der Großen einzufinden und sie im niedrigsten Gratulantentone zu komplimentieren. Alles in der Welt, nur kein Komplimentarius. Wäre nichts Leichters als nach Art des hundertjährigen Kalenders eine hundertjährige Zeitung zu schreiben. Was geschieht, ist schon geschehen und wird wieder geschehen. Also, lieber Leser, verzeih mir's, wenn ich mich aufs Bänklein stelle und dir die alten Mordgeschichten wieder vorleire.

Aus dem 64. Stück vom 7. November

* *musivische Arbeit*: Mosaikarbeit

Die Göttin Freiheit hat im Olymp ihren eigenen Thron. Warum, sagte sie einmal und stand von ihrem Throne auf, steigen die Opferwolken von der Unterwelt so sparsam zu mir empor? Hab ich keine Altäre mehr, wie damals in Karthago, Griechenland, Rom und in den Eichenhainen der alten Germanen? – Ich will zur Erde hinab und meine Altäre selbst aufsuchen. Begleite mich, Schwester Gerechtigkeit und du, Schwester Tugend. Sie flammten wie Morgenröten herunter. Erst besuchten sie die Höfe der Großen, suchten Tempel und Altäre und fanden keine. Der Pöbel wieherte zwar nach Freiheit, aber sie meinten nicht diese liebenswürdige Göttin, von ihren sanften Schwestern vertraulich begleitet, sondern Zügellosigkeit meinten sie, die mit zerstreuten Haaren und wilder Gebärde im Gefolge der Laster durch die Straßen lärmte. An den Höfen fanden sie meistens Pagodenköpfe, die die Göttin kaum dem Namen nach kannten. Zwar hätte sie, wegen ihrer himmlischen Schöne, hier und da als Mätresse ihr Glück machen können, aber sie blieb ihrer unbefleckten Gottheit getreu. Sie begab sich also in die sogenannten freien Staaten: Parteigeist – Ansehen einzelner Familien – niedergedrückte Rechte der Menschheit – Brahminengift* – Seitdem vernimmt man, daß sich die Göttin in Boston** niedergelassen.

Aus dem 65. Stück vom 10. November

* *Brahminengift*: Braminen (Brahmanen) sind die indischen Gottesgelehrten, die erste der vier indischen Kasten. Diese Vorbeter waren von großem Einfluß; die Einflüsterungen des Adels auf die Regenten, der Höflinge auf die Herrscher bezeichnet Sch. als »Brahminengift«.

** *Boston*: 1773 wurde im Bostoner Hafen eine Schiffsladung Tee vernichtet. Das Ereignis bezeichnet den Beginn des Aufstandes der amerikanischen Kolonisten gegen England

Wir Deutsche haben keine so freimütige Schriftsteller wie die Engländer! – Glaub's wohl, Hunger, Schmach, öffentliche Schande erwarten den, der's wagt, frei von der Brust zu schreiben. Wenn in den Stunden der Begeisterung uns die Freiheit einen kühnen Gedanken zuschickt und er mit dem Flammenblicke und dem fliegenden Haar ans Pult tritt, so schleicht gleich die kalte Behutsamkeit auf den Zehen herbei und führt ihn ganz langsam wieder zum Zimmer hinaus. Wenn man die verschiedenen Zeitungen, Tagbücher, Zueignungsschriften, Lobreden, Programmen u.d.g. aus allen Provinzen Deutschlands sammelte, so sollte man glauben, Deutschland würde von lauter Göttern, Seraphims und Cherubims* beherrscht. Mein Fürst ist ein Gott! Meine Obrigkeit untrüglich! Welche Polizei! Welche menschenfreundliche Anstalten! spricht der Lobredner auf der Kanzel und im Rednerstuhle – Und unten steht der Patriot, macht zwei Fäuste in seine Tasche, beißt die Zähne zusammen, und Tränen rieslen in seinen Bart.

Aus dem 77. Stück vom 22. Dezember

* *Cherubim und Seraphim*: Engel und Thronwächter Gottes

Anekdote

Zu einem Minister an einem gewissen Hofe kam kürzlich bei Abwesenheit des Fürsten eine Offizierswitwe. »Mein Mann ist tot; so lang er lebte, hatte ich Brot: nun hab' ich nicht so viel, daß ich ihn begraben lassen kann; ach, um Ihres guten Herzens willen, retten Sie mich und geben Sie mich nicht dem Hunger und der Verzweiflung preis!« – »Es soll Ihnen geholfen werden, Madam«, sagte der Minister, »kommen Sie Morgen wieder!« Den andern Morgen ließ er einen Sänger kommen: »Was haben Sie Besoldung, mein Herr? – »Tausend Gulden.« – »O!« sagte der Minister: »Sie könnten jetzt eine große, eine menschenfreundliche Tat tun und die ganze Ehre davon allein haben: einer armen Witwe könnten *Sie* helfen. Wär's nicht möglich, daß Sie mit achthundert Gulden leben könnten?« – »*Diabolo*!« schrie der Sänger, »*Virtu*« muß bezahlt sein; lieber geben Sie mir meinen Abschied!« – »Was für ein edelmütiger Mann Sie sind!« sagte der Minister. »Nun kann ich fünf Notleidenden mit Ihrem Gehalt helfen. Sie sollen Ihren Abschied haben.«
Der Minister klingelte. Die Witwe trat herein. »Madam, Ihnen ist geholfen. Hier ist eine Anweisung auf zweihundert Gulden für die Leichenkosten Ihres Gemahls; und ein Jahrgehalt von zweihundert Gulden. Danken Sie nicht mir, sondern hier diesem würdigen Manne, der die Güte gehabt, es Ihnen abzutreten.« Die Witwe neigte sich tief, und der entmannte Trillerschläger ging wie vom Blitze geröstet hinweg. Möchten doch alle deutsche Minister so biderb** und gut sein wie dieser!

Aus dem 2. Stück vom 5. Januar

* *Virtu*: die Kunst
** *biderb*: bieder, großherzig

[Freiheit]

Es gehört mehr Geist dazu, sich in die Freiheit als in die Sklaverei zu schicken. Ein dummes Volk muß man, wie Hunde, unter der Peitsche halten. Nur die Weisen, die Edeln, die Rechtschaffenen sollten unter allen Nationen frei sein. Sie sind's auch, wird mir hier mancher kühler Republikaner ins Ohr flüstern. Ich aber sage: Nein, sie sind's nicht. Ist der frei, der Flamm im Busen fühlt, der, wie der Vogel Jupiters*, gen Himmel fliegen möchte, dem man aber mit der kalten Schere einer phlegmatischen Regierungsform die Flügel stutzt? Ich liebe mein Vaterland; ein heißer, heißer Gedanke brennt mich aufm Herzen; laßt mich ihn heraussagen vorm Volk, aushauchen diese patriotische Glut! – Halt's Maul, sagt ein Scherge der Gerechtigkeit. Da steh ich dann, und die Flamme versengt mich.

Aus dem 6. Stück vom 19. Januar

Vaterländische Klagen

Man darf weder den Hypochonder noch den Spleen haben, so wird man doch Ursachen genug zum traurigen Mißvergnügen finden, wenn man mit prüfendem Auge und redlichem Herzen auf sein Vaterland hinblickt. Leser, sei 'nmal ein Mann, verschließ die Augen nicht aus sklavischer Furcht, schau nicht durchs Prisma einer übertriebenen Vaterlandsliebe, sondern stell dich mit mir auf einen Berg, atme die feinern Lüfte der Freiheit, tu die Augen weit auf und waffne dich mit dem Sehrohr der Weisheit. Was siehst du? Scheint nicht dein Vaterland um dich her in der fürchterlichen Stille zu liegen, worauf ein Sturm folgt? Scheinen nicht deine Mitbürger mutlos Kopf und Hand sinken zu lassen? Scheint nicht die Gewerbsamkeit mitten aufm Wege stille zu stehen, vor tiefem Gram an irgendeinem Felsen zu sinken und ihren Tod zu erwarten? Die Furie Zwietracht hat da und dort ihre Fackel angesteckt und schwingt sie durch die Lüfte, um sie in Flamme zu bringen. Die ruhige Weisheit, der Friede und die

* *der Vogel Jupiters*: der Adler

Töchter der Fülle, der Geschmack, von Grazien umgeben, scheinen schon irgendwo ein besseres Volk zu suchen, um es glücklich und froh zu machen. – O ich mag das ganze finstere Gemälde nicht ausmalen. Will die Farben nur klumpenweis hinwerfen, magst sie selber verwaschen:

Die Uneinigkeit der evangelischen und katholischen Gesandtschaften zu Wetzlar* vermehren sich täglich. Wir wollen die Ursachen reif werden lassen, ehe wir sie dem Publikum vorlegen. Der König von Preußen hat kürzlich ein sehr nachdrückliches Schreiben, voll von Protestationen, durch seine Gesandtschaft übergeben lassen, wovon man begierig den Erfolg erwartet.

Der *Fanatismus*** fängt an, wieder seine alte Rolle zu spielen und seine Götzen auf die Altäre der Wahrheit zu stellen. – Die herrlichen *Erziehungsanstalten*, die das Herz des Patrioten mit mancher süßen Ahndung erfüllen, sind in Gefahr, wieder in der Geburt zu ersticken. –

Die *wahre Gelehrsamkeit* wird von falschem Witze verdrungen. Man darbt an wahren Gelehrten und macht Schulknaben zu Professoren. –

Unsere *Kameralisten**** sind nicht weise Verwalter des Staatsschatzes, sondern Plusmacher geworden.

Der *Verdienst* wird nicht mehr nach Kopf, Herz und Taten, sondern nach der Biegsamkeit unseres Rückgrats bestimmt. – Die *Polizei* – o mir kocht das Herz, eine vaterländische Träne stürzt, und ich schließe vor Unmut, weil ich nicht alles sagen darf, was ich wollte, diesen tragischen Monolog.

Aus dem 9. Stück vom 30. Januar

* *zu Wetzlar*: Bezug auf die Streitereien um die Bezahlung des Reichskammergerichts in Wetzlar, wo z.B. Goethe zeitweilig tätig war

** *Fanatismus*: Anspielung auf die Jesuiten, die nach dem Verbot des Ordens wieder öffentliche Macht bekamen

*** *Kameralisten*: hohe Verwaltungsbeamte

[Jesuiten]

Die Zahl der Freunde und Verteidiger des Jesuiterordens vermindert sich täglich. Die Partei der Großen und der Verständigen ist gegen sie. Daß hier und da katholischer Pöbel noch ein Seufzerlein für sie gen Himmel schickt, machts nicht aus. Die Welt sieht nun einstimmig ein, daß die Verdienste dieses Ordens nicht so groß gewesen, als man anfangs glaubte. Die Katholischen machen nun die herrlichsten Erziehungsanstalten ohne Beistand der Jesuiten, und wir Protestanten haben schon längst in allen Teilen der Wissenschaften Meister aufzuweisen, ohne unsere Weisheit aus den Schulen oder Schriften der Jesuiten geholt zu haben. In der Mathematik und Physik hatten sie einige sehr gute und brauchbare Männer, in allen andern Wissenschaften aber würd' es schädlich sein, ihre Grundsätze fortzupflanzen. Ihre Theologie ist ein weitläuftiges, scholastisches Gewirre, das das Herz nicht bessert und den Verstand mit unnützen Subtilitäten anfüllt. Ihre Methode, die Philosophie zu lehren, ist steif und unnütze. Schwimmt auch hier und dar eine große Leibnizsche Idee in ihren Systemen; so ersticken sies wieder in ihrem eignen Wuste. Ihre Moral ist verderblich und dem Staate nachteilig und in den schönen Wissenschaften haben sie kaum etwas mehr getan – als gelallt.

Aus dem 14. Stück vom 16. Februar

Klagen

Die ganze politische Welt kommt mir jetzt wie ein Steinweg vor, auf dem kaum ein Grashälmchen wächst. Und doch fordert man vom armen Zeitungsschreiber, er solle Blümchen pflücken, sie in einen Strauß binden und seinen geneigten Lesern demütig auf'm Hut überreichen. Der Frühling ist da und noch sieht es überall so friedfertig aus, als wenn das ganze liebe Europa keinen kriegerischen Blutstropfen mehr hätte. Der Zeit und Witterung nach könnten schon mehr als *ein Heer* in Feindesland eingefallen sein; könnten schon Städte erobert, Schlachten geschlagen und Inseln angedonnert worden sein. Aber noch ist's weit um uns her stille. Die Soldaten rauchen ganz ruhig ihr Pfeifchen in Casernen und Wachstuben; die Werbungen gehen nur tropfenweise; die Couriere reiten kein Pferd tot; aus dem Wald, der die Kabinette der Großen einhüllt, dringt nicht der kleinste Laut irgend eines Staatsgeheimnisses hervor. Wie langweilig müßte dieser Zustand für Zeitungsschreiber und Leser sein, wenn uns nicht die tragischkomischen, moralisch-politischen Puppenspiele, die täglich und in allen Winkeln gespielt werden, reichen Stoff zum Lachen, Weinen und Schreiben gäben. Da es aber nicht immer ratsam ist, die Toren der Welt, wie Satyr *Goethe* zur Schau aufzustellen, so müssen wir nur bei unserm Alltagsthema bleiben und wie die Bänkelsänger mit dem Stäbchen in der Hand eine schreckliche Historia nach der andern herableiern. Ja, in Ermangelung wirklicher Mordgeschichten nehmen wir unsre Zuflucht zur Erdichtung, und da oft unsre Herren Collegen, mit Respekt zu melden, eine sehr ärmliche Phantasie haben, so sehen oft diese Erdichtungen erbärmlich genug aus. Da hat ein Mann in der Hundswut seine Frau gefressen; in Mähren ist ein Soldat schwanger geworden (eine äußerst schändliche und sittenverderbliche Erdichtung); dort hat ein Schwein einen Hund geworfen; und im Ungerlande hat gar eine Mücke einen wohlgestalteten Elephanten zur Welt gebracht. Man müßte mich kitzeln, wenn ich über diese Narrheiten lachen sollte. Eine Zeitung ist nach meinem Ideal kein Vademecum für lustige Leute; kein Bienenkorb voller Schwänke; kein Cento* von kühlen abgeschmackten Einfällen, die mancher Handwerksbursche auf seiner Herberge auszuzischen vermag. Treue Erzählungen von den großen Weltbegebenheiten, von Krieg und Frieden, Staatsumschwüngen; treffende Reflexionen über die Lage der Staaten, Beiträge zur Natur-, Gelehrten- und Kunst-Geschichte stehen dem Zeitungsschreiber besser an, als das Harlekinskleid erdichteter Anekdoten, Lügen, Märchen, Possen. – Aber wenn alle diese Fächer leer sind? – Das kann nicht sein, so lang die Weltmaschine noch ihren alten Gang fortgeht; und sollt es auch sein: welch ein großes Feld zu gemeinnützigen Betrachtungen findet der Novellist in den Polizei-Anstalten,

* *Cento*: Flickgedicht, zusammengestoppelte Arbeit

vorzüglich in den Erziehungs-Systemen, die jetzt überall verbessert, zum Teil auch verschlimmert werden. Aber ich bestrafe den Splitter in meines Bruders Auge und sehe vielleicht den Balken in meinem eignen nicht. Also zurück von deiner kritischen Klage ins Gebiet der Chronik!

Aus dem 27. Stück vom 3. April

Aus den Provinzen der Freiheit

Merkst wohl, Leser, daß ich Boston drunter verstehe. Die Kolonisten harren mit unbeugsamem Sinne auf der Behauptung ihrer Freiheit. Durch ganz Nordamerika herrscht ein so einstimmiger, tiefgewurzelter Freiheitsdrang, daß die Engelländer Herkuleskräfte haben müssen, wenn sie sich diesen trotzigen Verteidigern ihrer Rechte entgegenwerfen wollen. Die junge Mannschaft der Kolonisten wird beständig in den Waffen geübt; selbst die erfahrensten englischen Offiziere staunen, wenn sie im verborgenen den Kriegsübungen dieser mutigen Leute zusehen. Die englische Handlung in diesen Gegenden ist in eine gänzliche Stockung geraten. Kein Tobak wird ausgeführt. Die Parlementsakten* werden als der Tod der Freiheit verflucht. Die Amerikaner sind alle entschlossen, die beleidigten Rechte ihrer Freiheit zu rächen. Knaben und Greise greifen nach den Waffen, und überall herrscht die schreckliche Losung: *Sterben, sterben wollen wir für die heilige Freiheit! Sieg oder Grab unter den Trümmern unsrer zerfallenen Glückseligkeit!* Man muß aber nicht glauben, daß die Kolonisten Rebellen sein. Sie äußern die größte Ehrfurcht gegen ihren König Georg; nur empören sie sich gegen die Ratschläge seines Ministeriums. 'S wird viel Geld, Arbeit und Blut kosten, wenn die Engelländer die Kolonisten zum Gehorsam bringen wollen.

Aus dem 31. Stück vom 17. April

* *die Parlementsakten*: Gesetze der englischen Regierung, die auf Einschränkung der Rechte der amerikanischen Kolonisten zielten

Eine Anekdote aus der Welt

Ein paar hundert Poststationen von hier überreichte vor einiger Zeit ein andächtlender Hofmann dem Fürsten eine Liste von den Freigeistern seines Landes und machte einen der verdienstvollsten geheimen Räte zum Anführer derselben. Der Fürst, eben am Kamin stand, überblickte die Liste und sagte zum Höfling, indem er das fürchterliche Verzeichnis ins Feuer warf: Wenn ich alle diese Leute als Freigeister zum Teufel jagen wollte, so brächt ich mein Land um die besten Köpfe und vortrefflichsten Männer. – Ein ernster Fürstenblick verscheuchte den Höfling. Gleich darauf übergab der beleidigte geheime Rat dem Fürsten eine Liste von den Dummköpfen des Landes und setzte seinen Ankläger oben an. Der weise Fürst lächelte und sagte: Man muß die Esel füttern, denn sie tragen auch Lasten.

Aus dem 31. Stück vom 17. April

Wunden unsers Jahrhunderts

Da kömmt 'n Bürschlein daher im ellenhohen Tappon, riecht wie 'n Apothek, ist hohl und dürr, daß er hallt; hat nach der neuesten Parisermode weder Waden noch Hirn; macht 'n Hasenmäulchen und spricht im Falsettenton: »Wohl uns, daß unsere Tage in das aufgeklärte philosophische Jahrhundert fielen! Was müssen die Alten für Schöpfe gewesen sein! Traten in der Sturmhaube im schweren Panzer einher; turnierten einander nieder; hatten Bärte wie Hetzennester; waren große starke Bengels; soffen (hier zog der Philosoph nach der Mode das Eaudelevant-Fläschen heraus) aus Hirnschalen; brüllten Bardengesänge vom Felsen ins Schlachttal hinab; kleideten ihre Weiber in Wolfshäute. – Heil uns! wir haben Freigeister, Stockfische, Putztische, Uhren mit Berlockengetändel, Eau de Lavante, Ungarisch Wasser, Rondeaus, Zuckerwerk, Feenmärchen; Liedchen von Amoretten und Grazien auf Postpapier hingetändelt; haben modische Gesichtlein, hübsch blaß und nicht plump rot; können tanzen, singen und Filetstricken«. – »Hol dich der Henker, du Hasenfuß!«, sagte ein Philosoph von der rauhen Klasse. Solche Zuckerpüppchen, wie du bist, beweisens gar schön, in welchen abscheulichen Zeiten wir leben. – Warum mußte doch Gott meine grauen Haare aufbewahren, um ein Jahrhundert in dieser tödlichen Ermattung zu erblikken: – Könntest du, Weichling, wie Mann *Herder*[1]; die Völkerwaege regieren, würdest finden, wie weit der Morgenländer mit seiner erhabenen patriarchalischen Einfalt, der Phönicier mit seiner unaufhaltbaren Regsamkeit, der Grieche mit seiner Freiheitsliebe und der Römer mit seiner Seelenstärke uns Europäer mit dem hellen lichten Kopfe und dem eiskalten Herzen, mit unserer scheinbaren Stärke und wirklichen Todesschwäche und Ermattung unter Unglauben, Despotismus und Üppigkeit hinaufwäge. Als schwindsüchtige Kranke liegen wir im Bette und sprechen keuchend: Wir sind nicht krank! – Welcher Lehrer, Prediger, Rechtschaffene im schwarzen und roten Rocke, welcher Arzt, Naturforscher, Hausvater kann da heilen, wo man seine Wunden nicht fühlt? – Ein *Sokrates* in unsern Tagen würde von schalen Witzlingen in seine Klause zurückgespöttelt werden. Kannst, Sokrates unserer Zeit, nicht mehr wie Sokrates wirken; denn dir fehlt der kleine, starkregsame, zusammengedrängte Schauplatz, die Einfalt der Zeiten und des Nationalcharakters; die Bestimmtheit deiner Sphäre; das sichere Gefühl dessen, was du tust; die Freudenempfindungen von dem, was du ausgerichtet hast. – Sokrates, trink noch 'nmal den Schierlingssaft und stirb!«

[1] Herder – mit Ehrfurcht nenne ich seinen Namen, hat kürzlich auch eine *Philosophie der Geschichte zur Bildung der Menschheit* herausgegeben, die mir unter den *Beiträgen zu den vielen Beiträgen des Jahrhunderts* am meisten behagt hat. Wohlgewählter Standpunkt, Engelblick, der viele Gegenstände auf einmal wie mit goldenen Linien umschreibt; freies Herausstürmen großer, kühner, heilsamer Wahrheiten; Ideendrang, unerreichbare Sprachgewalt; reiche Welt- und Bücherkenntnis charakterisieren dieses vortreffliche Buch. War für mich Labung aus der kühlen Quelle im brennenden Durste! Leider aber kam mir *Herder*, der Zeitenwäger, wie der Todesengel vor, der an Belsazers Marmorwand schrieb: Hab' dich gewogen! warest zu leicht: Schwabe, hast noch'n Magen, der starke Speisen verdauen kann; so studier dies Buch: 's wird dich im Bauch grimmen – ist aber heilsame Speise. Werde noch oft Gebrauch davon machen.

Aus dem 36. Stück vom 4. Mai

Europa scheint jetzt nach dem Gemälde, das die Zeitungsschreiber von ihr machen, ein so langweiliges, schläfriges Weibsstück zu sein, daß, wenn dies ihre Urgestalt wäre, sie Jupiter gewiß niemals entführt hätte. Alles, was jetzt von unsern Kaisertümern, Königreichen und Fürstentümern in den Zeitungen steht, ist bloß Vegetation und nicht Leben. Fest, Jagden, Galatäge, Opern, Komödien, Soldatenmusterungen, mystische Audienzen – dies ist's alles, was wir jahraus jahrein von den Höfen der Großen hören. Das übrige, was wir gerne wissen möchten, gehört unter die Rubrik von Staatsgeheimnissen, wovon mein Schneider Hildebrand so viel weiß als ich. Folgender Artikel ist ebenso gut als eine Universalmedizin zu gebrauchen:

Seine Majestät oder Seine Durchlaucht befinden sich in allerhöchstem und höchstem Wohlergehen. Sie lassen sich das Wohl ihrer Untertanen außerordentlich angelegen sein. Die Völker wurden gemustert. Ein Galatag wurde gefeiert. Dieser oder jener Fremde ist angekommen. Es war Gewaltjagd.

> Ein neues deutsches Wort für Parforcejagd. Ich wünschte, man hätte in keiner Sprache ein Wort für dies grausame Vergnügen. Hab 'nmal 'n Hirsch g'sehen, der sich in der Todesangst von einem Felsenhang stürzte und im Blute zuckte. Mußte herzlich weinen übers arme Tier, dessen Fleisch, d'rein Blut wie Feuer floß, kein Mensch mehr genießen konnte. Seitdem schaudern mir die Haut vor einer Gewaltjagd.

Man ist tief im Kabinette beschäftigt und arbeitet an Dingen, die – du nicht eher wissen sollst, bis in Reutlingen* ein Mordgesang drüber gedruckt wird.

Dieser Artikel ist ebenso gut als der hundertjährige Kalender zu gebrauchen. Alle unsere Zeitungen sind nichts anders als wiederkäute Gewäsche von Alltagsgeschichten und Lobsprüchen auf Regenten, die wir nicht einmal kennen. Den Zeitungsschreiber möcht ich sehen, der vors Publikum hinträte

* *Reutlingen*: unterstand als Freie Reichsstadt nicht der herzoglichen Zensur

und mit Gewitterberedsamkeit spräche: Dieser Fürst legt seinen Untertanen unerträgliche Lasten auf; jener Staat verkennet die Grundgesetze der Menschlichkeit; dort klirren die Fesseln des schrecklichsten Despotismus; da leckt ein gieriger Selbstherrscher an den Grenzen einer friedsamen Republik; in jenem Freistaat ächzt der Freigeborene unterm Fußtritt eines Archonten*, hier oder da oder dort schleicht der Aberglaube, schwarz wie die Nacht, und verbirgt den blinkenden Dolch unterm Priestergewande; hier weht die schreckliche Fahne des Unglaubens und läßt tausend Betrogene den schrecklichen Schwur schwören, Gott zu verleugnen und das Blut des Mittlers zu verspotten, das im Allerheiligsten raucht; hier gelten veralterte Symbole mehr als Vernunft; dort gilt Tyrannei des Herkommens mehr als Weisheit; hier wird das Ebenbild der Gottheit, der Mensch, durch schlechte Erziehungsgrundsätze zum Vieh herabgewürdigt; dort schleicht ein Gerippe von einem Untertan oder Bürger, der gen Himmel ächzt und den letzten blutigen Heller seinen gierigen Regenten hinzählt; in jenem Eichenwalde irren die Künste mit aufgelöstem Haare, werfen Pinsel, Meißel, Griffel, Rastral**, Feder weg und jammern zum Eichenwipfel 'nauf: Alles ist verloren! hier vor meinem Fenster hämmert der Handwerker, und mit jedem Hammerschlage rieseln Tränen übers öffentliche Ungemach auf den Amboß – !!!

Eine solche Zeitung möcht ich lesen. Aber wo ist der Curtius***, der sich fürs Vaterland in Pestschlund stürzt? Wo ist der Märtyrer, der, mit vaterländischer Glut im Gesicht, auch den Fürsten heiße Wahrheiten ins Antlitz spricht? Da heißt's immer: Setz dich hin, Zeitungsschreiber, sei kalt wie Alpenschnee und schreib, was die Handwerksburschen auf den Bierbänken lehren, kriech vor jedem goldrockichten Schurken, verbräm deine Zeitungen mit Steckbriefen und Spitzbuben und Lottozahlen; erzähl Hanswurstpossen, daß

* *Archonten*: die neun höchsten Beamten des athenischen Stadtstaates

** *Rastral*: Werkzeug zum Ziehen von Notenlinien

*** *Curtius*: Marcus Curtius soll sich der Sage nach 362 v. Chr. in einen auf dem Forum plötzlich entstandenen Schlund gestürzt haben, nachdem die Wahrsager den Untergang Roms angekündigt hatten, falls nicht das beste Gut geopfert würde

der Müßiggänger im Kaffehaus laute Lache darüber aufschlägt! –
Oh Vaterland, das ich so heiß, so heiß liebe, dir schwör ich's mit dem feierlichsten Schwure, so bald ich irgendwo ein Stücklein schwarzes Brot und einen Labetrank aus der Quelle bekommen kann, so will ich weder ein gedungener Politiker, noch (ich schüttle mich vor Unmut) ein Kunstrichter sein.
Mir rieseln die Tränen von den Augen, denn mir ist's Ernst. Also dich, Wintergott, der am unbetrachteten Nordpole thront und über Schnee und Eis gebietet, dich ruf ich an, gib mir Gefrornes, daß ich mit abgekühltem Blute meine Zeitung niederschreibe, daß mein Stil sei nackt wie ein Eichenast im Winter und kalt wie'n Eiszapf.

Aus dem 49. Stück vom 19. Juni

Schlachten

Die Spanier haben sich schon seit Jahrhunderten in fremden Weltteilen so unmenschlich aufgeführt, daß es kein Wunder ist, wenn zuweilen die göttliche Rache unter ihnen zu erwachen scheint. Der Indianer hört nicht ohne Schauder und Entsetzen das Wort Spanier. Man zählt Millionen Wilde, die diese Unmenschen in einigen Jahren niederwürgten. Das schändlichste war, daß sie überall das Zeichen des Kreuzes errichteten und durch die teuflischsten Grausamkeiten die Wilden zu einer Religion zwingen wollten, deren Stifter nichts als Liebe lehrt. Die schreckliche Geschichte der spanischen Grausamkeit ist noch unter den Indianern durch die Überlieferung bekannt. Sie machen auch den Indianern* durch ihre naiven Einwendungen noch immer viel zu schaffen. Wenn euer Gott so bös ist als die Spanier, sagte ein Indianer zum Pater Suarez, so hat man ihn mit Recht gekreuzigt. Unser Gott ist gar ein guter Gott, der nicht will, daß man Leute wie's Vieh schlachten soll.

Aus dem 65. Stück vom 14. August

* *die Indianer*: ein Sinnfehler Schubarts; gemeint sind die Missionare

Vom Bettel

Man dringt jetzt in den meisten teutschen Provinzen auf die Abstellung des Bettels und die Schriftsteller befeuren den Eifer der Fürsten mit ihren Schriften, worinnen sie den Übelstand und selbst die Schädlichkeit des Bettels mit sehr starken Gründen beweisen. Die Polizeiverständigen machen die sehr natürliche Abteilung des Bettelordens: entweder sinds Leute, die sich von Jugend auf an den schändlichsten Müßiggang gewöhnt haben oder sinds wirklich Dürftige, Alte, Presthafte, Krüppel, die eine tätige Unterstützung des Staats erheischen. Die erstere Gattung ist sehr zahlreich. Sie befinden sich in ihren Lumpen und bei ihrer gänzlichen Unabhängigkeit von allen Pflichten der Gesellschaft sehr wohl. Wenn man *Mösers* Beschreibung der Bettler in London[1] ließt, so möchte man fast selbst ein Bettler werden. Diese schädlichen Leute müssen in einem Staate keineswegs geduldet werden. Errichtet Arbeitshäuser, Fabriken oder gebt dem wollüstigen Müßiggänger die Spade in die Hand und laßt ihn am Strassenbau arbeiten. Dem Kerl wird der Kützel vergehen; er wird sich nach und nach an Arbeit und Ordnung gewöhnen und dem Staate nützlich werden. Der arme Alte, dessen Kräfte vertrocknet sind, und der Presthafte, der zu allen Geschäften untüchtig ist, braucht Hülfe und wehe dem, der's ihm versagt. Wenn ich sieche Bettler auf den Strassen keichen* sehe oder wenn mir gar Bettelfuhren begegnen, wo der elende Kranke unter freier Luft auf hartem Stroh sein Leben wegseufzt; o! dann dreht sich alles in mir 'rum und ich verwünsche den hartherzigen Staat, der die Menschen trostlos verschmachten läßt. Die barmherzigen Brüder unter den Katholiken sind mir deswegen ein sehr ehrwürdiger Orden und ich bin niemals in München, in Cölln, in Mainz und andern Orten vor ihren Lazarethen vorbeigegangen, ohne ihre menschenfreundlichen Anstalten, ihre christliche Sorgfalt vor den schmachtenden Kranken mit meinen Tränen zu preisen. Die

* *keichen*: schwäb. für keuchen

Errichtung der Findelhäuser, der Spitäler und Siechhäuser sind also Anstalten, die die Menschheit ehren. Wenn's nur nicht da und dort abscheuliche Aufseher über diese Wohnungen der öffentlichen Barmherzigkeit gäbe, die den Bissen, der dem schmachtenden Kranken zur Stärkung gehört, heißhungrig mit gesundem und gemästetem Leibe verschlingen. Fluch! – Br! Mir schaudert das Herz.

In den Kaiserlichen, Preußischen, Hannöverischen, Pfälzischen, Bayerischen und andern teutschen Staaten sind im vorigen Jahr sehr weise Verfügungen in diesem Punkte getroffen worden. Der Starke und Gesunde wird zur Arbeit angehalten und der unmächtige Kranke in Spitälern und Siechhäusern versorgt. Daher gibts in diesen Staaten der Landstreicher immer weniger und in den Arbeitshäusern, beim Damm und Strassenbau vermehren sich die Arbeiter, die Peitsche und Stock vom Müßiggang entwöhnt. Bei all dieser weisen Sorge der Großen wird doch des Bettelns niemals ein Ende werden. Sind wir doch alle Bettler vor Gott und Bettler untereinander. Oft bettelt der Höhere bei dem Niedrigen und die Untertanen bei ihrem Fürsten. Der Soldat nennt seinen Bettelbrief Kontribution, der Zahnarzt Patent, der Handwerksbursch Paß und der Skribent nach der Sanduhr Merkur, alter Deutscher, Korrespondent, Postreuter oder Chronik. Der Virtuose bettelt mit seinem Instrument und einigen armseligen Koncerten durch die Welt. Unsre Hochzeiten, Kindstaufen und Leichen sind Betteleien. Wir betteln mit Neujahrswünschen, Panegyren, Päanen, Motetten, Zinken und Posaunen, heiligen Dreikönigsstern und Kühhörnern durch die Welt, und der Nachwächter verkündet am hellen Tage die Stunde der Mitternacht, und das alles darum – weil wir Bettler sind; arme, arme Bettler, die noch nach dem Tode der Mutter Erde ein Plätzchen abbetteln müssen.

[1] Sie steht in seinen *Phantasien*, wovon kürzlich der 2te Teil herausgekommen, die ich meinen Lesern als die unterhaltendste und nützlichste Lektur empfehlen kann.

Aus dem 2. Stück vom 4. Januar

Die gegenwärtige tiefe Ruhe in Europa macht den mehrsten Zeitungsschreibern und ihren Lesern die Zeit sehr lange. Wenn diese Ruhe eine bloße Folge von den friedlichen Gesinnungen unserer Fürsten wäre, so kümmert' ich mich wenig um diese politische Langeweile (gibts doch bessere Dinge für Herz und Verstand), freuen wollt' ich mich vielmehr, und ganz Europa als einen Palast ansehen, in dem die Hausgenossen in der stolzesten und seligsten Ruhe beieinander wohnten. Aber das ists nicht; *Furcht* ist's vielmehr, die einer vor dem anderen hat, und die jetzt alle Schwerter der Mächtigen in der Scheide zurückhält. Unsere Zeitungen und Sackkalender legen uns jetzt eine so schreckliche Berechnung der europäischen Kriegsmacht vor, daß einem ehrlichen Mann drob die Haut schauert. Wenn ganz Europa mit schrecklichen Wäldern umgeben wäre, aus deren jedem ein Attila stürzen könnte, so wär doch kaum eine fürchterlichere Kriegsübung möglich. Zwei Millionen Soldaten stehen jetzt in Europa mitten im stolzesten Frieden auf den Beinen. Da bekanntlich die jüngsten, gesündesten, stärksten und belebtesten Mannsleute zu Soldaten genommen werden, so muß das übrige männliche Geschlecht bloß ein Ausschuß sein, der bei all seiner körperlichen Unmacht doch noch die schwersten Lasten des Staats zu tragen hat. Stell dich, zumal in einigen europäischen Provinzen, wo der Soldatengeist alles angefressen hat, auf die Landstraßen: wirst sehen hagere, ausgehöhlte, gelbhäutigte Bauren, klein und ungestalt hinterm Pflug keichen, vor dem Pfluge einen koppenden, meelmaulichten Gaul, den ein Soldat zu schanden geritten: wirst sehen Handwerksburschen wie Zwergengerippe auf den Straßen schleichen; Kerls, die kaum mehr ihre Bündel tragen können, sollen Centnerlasten heben, mit nervichtem und gewissem Arme den Hammer führen und sich an der Feueresse zum Stahl härten; das Marzipangesicht von einem Kaufmannsbürschchen soll die Welt durchreisen, sich jeder Witterung preisgeben und da und dort zur Aufnahme seines Handlungshauses Warenlager anlegen.
Indessen schreitet der müßige Soldat mit gesundheitglühen-

dem Gesichte und mit eisernen Knochen hoch einher und spottet des Zwerchenmännleins, das ihm Brod schaffen muß. Die Handlung verfällt, der Kunstfleiß ermüdet und die Künste, diese schüchternen Töchter der Ruhe und des Überflusses, verlassen den Hain, den Mars oder Wodans kriegerische Rosse durchwiehern.

Die weisesten Männer fangen zwar jetzt an, den Soldatenstand dem Staate nützlicher zu machen. In den Kaiserlichen und Preußischen Landen werden die Krieger zum Vestungsbau und andern öffentlichen Arbeiten angehalten; so hat auch kürzlich der weise Graf St. Germain eben diese Verordnung unter der französischen Armee bekannt machen lassen. Aber was hilft dies? Zieht der Soldat ins Feld; so läßt er den Fleck, den er bearbeitete, wieder als eine Wüste zurück, und das ganze Land sieht einer Einöde gleich, die Eulen und Uhus durchheulen und Fledermäuse durchschwirren. Ich meines Teils wünsche mir die Erhaltung der gegenwärtigen Ruhe – Gott weiß es! von ganzem Herzen; und du, guter Leser, wünsch es mit mir; denn fürchterlich muß es sein, wenn all diese zahllosen Heere erwachen, im Grimm aufeinander stoßen, Städte und Dörfer zertrümmern und des Blutstroms nicht achten, der im Schlachttale dahinbraust.

Aber, sagte neulich ein müßiges Untier bei der Weinflasche, es gibt keine Rebellionen mehr, keine Überschwemmungen, keine Feuersbrünste, nicht Krieg, nicht Hunger, nicht Pest! – die Zeitungen sind so langweilig, daß man sie, wie Wiegengesang, zum Einschlafen brauchen könnte! – Unmensch, sollen Tausende vor dir ein schreckliches Schauspiel aufführen, um deine unchristliche Neugierde zu sättigen? Wie, wenn du auch dabei eine Rolle zu spielen hättest? Simson faßte die Säulen des Hauses, es stürzt' ein und begrub Schauspieler und Zuschauer unter seinen Trümmern.

Wie gesagt, Gott erhalt uns nur die Ruhe! Aber leider! ist sehr wenig Anschein vorhanden, daß sie von langer Dauer sein werde. Das Mißverständnis, das jetzt an vielen europäischen Höfen herrscht, greift immer mehr um sich; selbst die Weisheit eines Nestor Friedrichs*, der gern im Frieden sterben möchte, kann es durch seine geheime und öffentliche Bemü-

* *Nestor Friedrich*: gemeint ist Friedrich der Große

hungen nicht heben, und ich fürchte, ich fürchte: die Sturmglocke werd' ihm zu Grabe läuten.

Aus dem 3. Stück vom 8. Januar

Fürs Herz

'S ging jüngst ein Handwerksbürschlein in der grimmigsten Kälte mit seinem Bündelein über die Haide. Seine Kleider waren dünn und seine Strümpfe zerrissen. Ach, da frors ihn sehr; er weinte, und die hellen Zähren erstarrten ihm an den Augenwimpern. Lieber Gott! seufzt' er, weit und breit kein Dorf und keine Stadt und keine Kohlhütte! Ich werde verfrieren – ach, was wird meine Mutter sagen? Mein Vater ist gestorben, und nun hat sie Niemand außer mir, der ihr's Brod erwirbt! Er wollte laufen, aber seine Glieder waren starr; er wurde schläfrig, legte sich in Schnee auf sein Bündelein und entschlief sanft. Ein Postknecht ritt vorbei und sah ihn starr liegen. Er bemerkte noch einige Lebenszeichen an ihm, ritt schneller und zeigte es unterm Tore der benachbarten Stadt an. Was hilft's, bis wir hinauskommen, ist er tot, sagten die Unempfindlichen. Ein Totengräber war in der Wachstube, sich zu wärmen. Der hört's und ihm brach das Herz. Ohne ein Wort zu sagen, ging er auf die Landstraße, trug den erstarrten Handwerksburschen ins nächste Dorf, rieb ihn mit Schnee, brachte ihn der Wärme immer näher und erweckte ihn wieder. Drauf nahm er ihn mit in die Stadt und teilte sein Holz und seinen Tisch (ach! er hatte selbst nicht viel) mit dem Unglücklichen, bis, so sagte er, die Kälte vorbei ist, dann kann er in Gottes Namen weiterreisen. – Mutter! du hast deinen Sohn und dein Brod dem wohltätigen Totengräber zu danken. – O meine Mitbürger, vergeßt bei dieser grimmigen Kälte der Armen nicht! Schaut, hinterm Ofen könnt ihr nicht wissen, wie's so weh tut, in Lumpen unter freiem Himmel zu zittern.

Aus dem 10. Stück vom 1. Februar

Du sagst nichts, trauter Bruder, vom augenscheinlichen Verfall der schönen Künste in Teutschland? Sagst nichts vom erstorbenen Gefühl unserer Fürsten gegen sie? Nichts vom Todesfrost, der in den ersten teutschen Städten alle Hochachtung gegen ihre Künstler und selbst jede Empfingung des Schönen ertötet zu haben scheint? – O Bruder, flennen möcht ich wie ein kleines Kind, wenn ich sehe, wie undankbar unser Vaterland mit Gottes reichem Segen, mit seinen Genies, umgehe. Weiß zwar wohl, daß Fürstengnade keine Genies bilde, weiß aber auch, daß Armut und Mangel die Genieflamme auslösche und daß dem Künstler, der's Bewußtsein seiner Größe mit sich herumträgt, nichts höllischer schmerze als Verachtung. Und wird er jetzt nicht allenthalben in Teutschland verachtet? Wird nicht der Dichter beinahe zum Hofnarren, der Redner zum Marktschreier, der Maler zum Häuseranstreicher, der Kupferstecher, Stahl- und Steinschneider zum Schlossergesellen, der Bildhauer zum Steinmetzen, der Baumeister zum Maurersgesellen, der Schauspieler und Tänzer zum Landstreicher und der Musiker zum Dudelsackpfeifer herabgewürdigt? Daher werden jetzt unsere größten Genies gezwungen, ihr Vaterland zu verlassen, weil sie sich mit blöden Mägen nicht an Kartoffel, Haberbrei und schales weißes Bier gewöhnen können[1] – Von Lissabon bis nach Moskau prahlt man mit unsern großen Köpfen und lacht des dummen Teutschen, der Brillante wie Kieselsteine wegwirft. Erbärmlich ist's, wenn man große Künstler, die das ewige Griechenland als seine ersten Söhne würde gepflegt und ernährt haben, wie Zigeuner oder liederliche Vagabunden von Städten zu Städten in Teutschland herumziehen sieht. Da guckt ihnen der Hunger aus den hohlen Augen, und doch sollen sie noch, von Elend und Kummer niedergedrückt, dem stolzen Auslande beweisen, daß wir auch Genie haben – 'S möcht einer vor Unmut Glas kauen und mit blutigem Munde den Undank unsers Vaterlands strafen. Der vortreffliche Graf zur Lippe in Wien hat schon vor zwei Jahren den Fürsten Teutschlands die Künste in einer eignen sehr warmen Schrift empfohlen. Will mit einer Stelle draus meinen Brief beschließen: »Wollt ihr, würdige Fürsten Teutschlands, einen richtigen Geschmack am Schönen und am Wahren zeigen, einen Geschmack, wie ihn staatskundige und weise Regenten haben müssen, so laßt euch in genauer Freundschaft mit den schönen Künsten bewundern, bildet eure Seelen nach echten Grundsätzen des Wahren und Guten und macht euer Volk mit der Dicht- und Redekunst, mit dem großen Maler und Bildhauer, mit der Musik und allen schönen Künsten bekannt. – Schlaget Denkmünzen, ihr Herren, und ihr werdet Wunder tun; ihr werdet große Meister bilden in allen Klassen der Künste. Liebet sie, redet von ihnen mit Eifer; ihr werdet das Genie in Flammen setzen, Talente bilden, Länder blühend und eure Staaten reich machen.« – Meinst, 's werd was helfen? Nun schlaf wohl, 's ist 12 Uhr.

F.

[1] Zu den Zeiten des Perikles war es den Künstlern bei Lebensstrafe verboten *auszuwandern* – und wir ungriechischen Teutsche stoßen sie zum Land 'naus.

Aus dem 18. Stück vom 29. Februar

Einige politische Texte

Hier ist eine Probe der neuesten Menschenschatzung! – Der *Landgraf von Hessen-Kassel* bekommt jährlich 450 000 Taler für seine 12 000 tapferen Hessen, die größtenteils in Amerika ihr Grab finden werden. Der *Herzog von Braunschweig* erhält 56 000 Taler für 3964 Mann Fußvolk und 360 Mann leichter Reuterei, wovon ohnfehlbar sehr wenige ihr Vaterland sehen werden. Der *Erbprinz von Hessen-Kassel* gibt ebenfalls ein Regiment Fußvolk ab um den Preis von 25 000 Taler. 20 000 Hannoveraner sind bekanntlich schon nach Amerika bestimmt und 3 000 Mecklenburger für 50 000 Taler auch. Nun sagt man, der *Kurfürst von Bayern* werde ebenfalls 4 000 Mann in englischen Sold geben. Ein fruchtbarer Text zum Predigen für Patrioten, denen 's Herz pocht, wenn Mitbürger das Schicksal der Negersklaven haben und als Schlachtopfer in fremde Welten verschickt werden. –

Aus dem 25. Stück vom 25. März

Hier trifft man jetzt beinahe die Exkremente aller Nationen an, die in Amerika ihr Glück machen wollen. Sonderlich ist die Anzahl der Teutschen hier so groß, daß alle Gassen und Straßen, Bierschenken und Kaffeehäuser von ihnen wimmeln. Verbrecher, Aushauser, Ebenteurer, junge feurige Waghälse, die ihr Vaterland wie Unrat auswarf, strömen daher und suchen Dienste bei der Krone. Von diesen Leuten, die meist die Verzweiflung zusammenpeitschte, verspricht man sich sonderlich große Dienste. Allein kann der in fremden Welten treu dienen, der seinem eigenen Vaterland untreu war? Diese Ebenteurer werden sich immer zu der siegenden Fahne halten und in der Folge den Engelländern mehr schaden als nützen. Sind die Provinzen glücklich, so werden sich die meisten Teutschen in Amerika niederlassen, da ohnehin unter uns die Klage immer allgemeiner wird: *Es ist nichts mehr in Teutschland zu machen*.
Diese Klage, die jetzt von einem Ende Teutschlands zum andern erschallt, verdiente von einem Denker, der Erfahrung hat, sehr genau untersucht zu werden. Ist's dann wahr, daß der Despotismus unter uns immer mehr einreißt und alles Freiheitsgefühl erstickt? Ist's wahr, daß unsre Krieger bloß um niedern Sold gedungne Sklaven sind? Ist's wahr, daß die Gerechtigkeit die Binde wegrückt und die Gerechtsame der Unschuld mit Gold aufwiegt? Ist's wahr, daß der Gelehrte bloß der Lohnknecht gewinnsüchtiger Buchhändler ist? Daß der Künstler von Krämern sein Brot erbetteln muß? Daß unter uns nichts mehr durch Gewerbsamkeit und Kunstfleiß zu gewinnen ist? Daß der Handwerker umsonst seinen Schweiß am Arbeitsstuhle oder an der Feueresse vertröpfelt? Daß der Baur seine Egge und Pflugschar mit Tränen benetzt, weil ihm die Habsucht kaum Kleienbrot und Aussaat übrig läßt? Ist's wahr, daß ein Sturm durch unser Vaterland braust, der unsre ersparten Pfennige alle auf einen Haufen zusammenweht? Ist's wahr, daß unter allen diesen Drangsalen auch Religion, Tugend und Sitte leidet? Daß der Geist des Verderbens im Hinterhalte laurt und den schrecklichen Augenblick erwartet, den Garaus mit uns zu machen???

Aus dem 32. Stück vom 18. April

Paris

Dem Herzog von Chartres wurden neulich zwei Pferde gestohlen, 3000 Livres an Wert; aber zum Glücke wieder gefunden. Kein Wunder, daß jetzt die Pferde teurer sind als die Menschen, wendt man doch mehr Sorgfalt auf jene als auf diese. Wie viele möchten wohl ein Philantropin* für eine Stuterei oder 'n Marstall vertauschen?

Aus dem 38. Stück vom 9. Mai

Amerika

Ich verdenk es den Zeitungsschreibern nicht, wenn sie jetzt ihre Blicke von Europa abkehren und sie auf Amerika heften. Was liefert uns dann Europa für Stoff zur Unterhaltung? Die Großen verschließen sich ins Kabinett wie in ein Pandämonium und niemand weiß, was sie drin ratschlagen. Daher sind unsere Nachrichten von den europäischen Höfen gemeiniglich so kühl und abgeschmackt, daß sie kaum zum Anhören sind. – Unter allen kriechenden Kreaturen des Erdbodens ist der Zeitungsschreiber die kriechendste. Wie er da mit kindischer Bewunderung den Pomp der Großen anstaunt! Wie er in pedantischer Ehrfurcht wie weiland Magister Sebaldus Nothanker** nach dem Schlafrockzipfel eines ausgetrockneten Hofmarschalls schnappt und ihn demütig küßt! Wie er mit dem Hütlein unterm Arm krumm und sehr gebückt im Vorsaal steht und dem niesenden Fürsten und Höfling sein Salus entgegenkeucht! Wie jedes Hoffest für ihn wichtiger ist als das Fest der Andacht, von einem frommen Volke dem Herrn geweiht! – Alle unsere Schriften haben das Gepräge

* *Philantropin*: Name der Erhiehungsanstalt, die von Basedow 1774 in Dessau errichtet wurde und auf die Prinzipien von Naturgemäßigkeit, Menschenfreundlichkeit und Gemeinnützigkeit verpflichtet war

** *Magister Sebaldus Nothanker*: Hauptfigur aus dem Roman *Das Leben und die Meinungen des Herrn Magister Sebaldus Nothanker* von Friedrich Nicolai (1733–1811), erschienen 1773–1776, einer Satire vor allem auf den orthodoxen Klerikalismus

unseres sklavischen Jahrhunderts und die Zeitungen am meisten. Kann man unter diesen Umständen wohl was Besseres tun als wegschlüpfen über unsere entartete Halbkugel und sehen, was auf der andern Hälfte vorgeht! Dort gibt's doch noch Menschen, die's fühlen, daß ihre Bestimmung nicht Sklaverei sei, die mit edlem Unmute das Joch eines herrschsüchtigen Ministeriums vom Nacken schütteln und diesen Volkspeinigern bald zeigen werden, daß man ohne sie leben könne. Noch haben die Freien in Amerika keinen ausgezeichneten großen Mann hervorgebracht – ihre Hancocks* und Adams** sind Menschen von gewöhnlicher Größe; aber bald werden einige ihres Volkes wie Riesen aufwachen und den Briten zeigen, wie die gereizte Menschheit zu tun imstande sei. Ohne Reiz und Anlaß kommt mir die Seele des Menschen mit all ihren Fähigkeiten vor wie eine Walze, dran Seile aufgerollt sind; je größer der Anlaß ist, je mehr wird von diesen Seilen losgewunden; je größer ist der Mensch! – O ihr Großen der Erde, laßt doch den Menschen sein, was er sein kann; und nur da zeigt eure Gewalt wo er abarten will! –

Aus dem 41. Stück vom 20. Mai

* *Hancock*: Oberst im amerikanischen Unabhängigkeitskrieg

** *Adams*: John (1735–1826), 1774 und 1776 Abgeordneter der beiden ersten Staatskongresse, später zweiter Präsident der Vereinigten Staaten

Deutsche Sprache

Hoch muß dem deutschen Manne das Herz aufschlagen, wenn er die erstaunenden Fortschritt seiner Sprache in den neuern Zeiten bemerkt. Diese Sprache, die Karl der Vte nur für schicklich hielt, Pferd' und Hunde zu dressieren, ist nun die Seelensprache seines großen Urenkels, in der er spricht, schreibt und Gesetze gibt. *Josephs* Regierung ist auch *Sprachepoche. Karl der Große* machte die erste, indem er die deutschen Bardengesänge sammeln und eine Sprachlehre verfertigen ließ[1]. Die zweite Epoche bildeten die Minnesänger[2], die unsre Heldensprache zum Liebesgewinsel herabstimmten, das heißt, mit donnernden Baßkehlen – fistulierten. *Luther* trat auf und machte die größte Sprachepoche. In Poesie und Prose, im belehrenden und unterhaltenden Stile gleich stark, erwarb er sich mit Recht das große klassische Ansehen, in dem er noch steht. Opitz, Klopstock, Wieland und die großen biedern Schweizer schrieben die Sprache in ihrer ganzen Stärke, so daß nun Joseph, ohnerachtet er sieben andre Sprachen versteht, die unsrige vor würdig fand, sie zur Hauptsprache seines Reichs zu erheben. In all seinen weiten Staaten sind alle gerichtliche Verhandlungen deutsch, Gesetze und Auslegungen drüber deutsch; deutsch wird gebetet, gesungen; deutsch geschrieben in allen Wissenschaften und Künsten und die Vornehmen, selbst die delikatesten Damen mühen sich, unsrer Sprache den Ton der feinsten Welt zu geben und sie, wie Harfenlispel, von den Lippen wegzuhauchen. Die Ungarn sträubten sich lange; aber nun vertauschen sie willig ihr barbarisches Latein mit gutem Deutsch. Unsre besten Schriftsteller werden häufig in Ungarn, Tirol, selbst im österreichischen Anteil von Polen gelesen: daher fanden auch die edlen Polen so großen Geschmack an unsrer Sprache, daß es nun Ton ist unter den Magnaten, deutsch zu lernen und ihre Kinder von deutschen Gelehrten erziehen zu lassen[3]. Im weiten Rußland wird nächst der Landessprache am meisten deutsch gesprochen – von Petersburg bis nach Moskau und von da aus durch alle

Provinzen hin bis nach Kamtschatka verstehen Gelehrte, Kaufleute und unzählige Einwohner deine Sprache, Alemannier. Nach Afrika, Asien, Amerika dringt unsre Heldensprache immer mehr, und in letztern Weltteil werden Tausende unsrer Bücher versendet. – Oh, ihr Schriftsteller meines Vaterlandes, schreibt stark und gut, gründlich und schön, rein und kräftig, wohlklingend und volltönig, daß es bald heißen möge wie ehmals von den Griechen: die Deutschen sind die Lehrer der Welt geworden – und sie verdienen's.

[1] Süßer Traum! Wirst du auch hergestellt werden können, wenn so viel Süßlinge auftreten und unsre Sprache verhunzen; wenn unsre Damen, die Tongeberinnen, lieber dem vokalreichen fremden Laller als dem starken – Selbstlauter und Mitlauter – wie Kristall und Kiesel durcheinanderwälzenden deutschen Sprecher [zuhören]?

[2] Ein neuer Waller mit Aug und Herz will behaupten, beide kostbaren Denkmale unsrer Sprache seien noch in der Bibliothek im Eskurial vorhanden. O daß diese unschätzbaren Gefangne bald entfesselt werden!

[3] Nie fanden sich so viel deutsche Gelehrte in Polen als jetzt, und sie alle werden geehrt und finden reichlichen Unterhalt. Der König von Polen, der reichlich aus der Seine schlürfe, befördert jetzt unsre Gelehrten gar sehr, weil sie, wie er zu sagen pflegt, Kopf und Herz am rechten Flecke haben.

Aus dem 19. Stück vom September

Nordamerika

Überall ziehen sich in Europa Gewitterwolken zusammen; selbst Deutschland scheint sich einer furchtbaren Krisis zu nähern[1]; indessen sieht Amerika dem Sturme zu und wird bald die Arme ausstrecken, die flüchtenden Künste und Wissenschaften in seinen Schoß aufzunehmen. Drei Millionen sonnen sich nun im Strahl der blutigerkämpften heiligen Freiheit, und die Nordamerikaner haben noch Raum für fünf Millionen Kolonisten. Und diesen will es nicht nur die Erlaubnis erteilen, Gott nach der Weise ihrer Väter zu dienen und sich von ihrem Fleiße zu nähren; – sondern auch die ursprünglichen Majestätsrechte der Menschen sollen sie haben – Anteil an der Gesetzgebung und der Staatsverwaltung. Dreizehn goldne Pforten* stehen in diesem Freistaate den Schlachtopfern der Intoleranz und des Despotismus offen. Sonst flüchteten die Märtyrer der geistlichen und weltlichen Tyrannei nach Großbritannien, Holland, in die Schweiz. Allein der Brite verachtet alles, was nicht *er* ist; der Holländer flüchtet selbst vor den Gräueln des Bürgerkriegs, und die Schweiz versagt dem Fremden das Bürgerrecht und fremde Religionsübung. Nur in Amerika kann man sich mit edlen Bürgern, welche fürs Vaterland stritten, auf eine Linie stellen und den Tempel der Freiheit bauen helfen, der allmählich in die Wolken strebt. Auf zwo Säulen ruht dieser Tempel. *Gleichheit der geistlichen, Gleichheit der bürgerlichen Rechte* ist ihr Name; *Gates, Franklin, Lorens, Washington* sind die Priester in diesem Tempel. Ihr Name ist unsterblich, wie ihre Taten.

[1] Doch gewiß nicht so wie der zu sehr angestaunte politische Seher Raynal** weissagt, daß Deutschland durch ewige Kriege und Unruhen wieder in seine vorige Barbarei zurücksinken werde. Das volle Licht bricht jetzt bei uns durch alle Ritzen herein; wie könnt es sobald wieder Nacht werden!

Aus dem 19. Stück vom September

[Politisches Orakel]

Es scheint, die furchtbare Weissagung des Geistersehers Swedenborg***: »Dem achtzehnten Jahrhundert wird man mit der Sturmglocke zu Grabe läuten«, werde ganz buchstäblich eintreffen. Wenigstens ist die Glocke schon im Schwunge; der Schwengel bestreift sie und entlockt ihr gräßliche Töne. Krieg und Kriegsgeschrei, Aufruhr und Zwietracht, Erdbeben und Feuersbrünste – und die schreckliche Epidemie des Unglau-

* *dreizehn goldne Pforten*: 13 Kolonien hatten 1774 ihre Vertreter zum Generalkongreß nach Philadelphia entsandt.

** *Raynal*: Guilleaume Thomas Francois (1713–1796), französischer Schriftsteller, antiklerikaler Freigeist

*** *Swedenborg*: Emanuel von (1688–1722), schwedischer Theosoph, der sich göttlicher Offenbarung rühmte und an eine Verbindung zur Geisterwelt glaubte

bens und der Sittenlosigkeit erfüllen die Erde und scheinen das Weltgericht anzukünden. Unser Europa wird immer reifer zu einer großen, von tiefen Staatenforschern längst vorhergesehenen Revolution. Völker, die sich seit Jahrhunderten vom Stab Sanft oder Wehe ruhig weiden ließen, fangen an, am Zaume zu zerren und sich gegen ihre Treiber zu empören.

Aus dem 26. Stück vom September

Der Genius des sterbenden Jahrs
An Uns

Eh' ich euch verlasse, ihr Waller der Erde, eh' ich mich mische unter die Genien der vergangenen Jahrhunderte, so hört die Botschaft, die ich von euren schlimmen und guten Taten dem Herrn der Zeit und der Ewigkeit bringen will. Um 365 Tage ist die Welt grauer. Was können da über tausend Millionen Menschen tun, wenn sich all ihre Kraft im großen Zwecke zusammendrängte, sich vollkommner und glücklicher zu machen? Aber von der Erde tönt die Jammerklage immer stärker hinauf ins Heiligtum des Himmels: Wenige wallen auf dem Fußsteige der Wahrheit und der Tugend, und Myriaden tosen wie Meereswogen auf der Heerstraße der Laster und des Wahns. Doch ich klag' euch nicht an, ihr Völker, ich leide für euch. Hört eure jüngste Geschichte mit Feuerzügen geschrieben. (...)
Ihr freien Staaten, ihr grauen Städte des Reichs, warum könnt ihr meist nicht mehr den Sonnenschimmer der Freiheit ertragen? Warum greift ihr mit empörender Faust nach der rostigen Fessel der Knechtschaft?
Deutschland, Deutschland, an all' deinen Tempeln und Musäen flammt die stolze Aufschrift: Aufklärung. Aber sind all' deine Fackelträger Geister vom Himmel gesandt? Kleiden sich nicht auch feindselige Dämonen ins Gewand der Photagogen* die dich mit stinkenden Pechfackeln in Sumpf und Moräste führen? – Wo ist dein alter derber Biedersinn? Wo deine Herzigkeit? deine einfältige Gottesverehrung? Wo

* *Photagogen*: gemeint sind betrügerische Lichtbringer

Herzog Karl Eugen

dein eiserner Fleiß? Wo deine Treu und Redlichkeit? – Ach, mit schweren Seufzern klag' ich dich an. Du irrst vom reinen Naturquell immer mehr ab und verlierst dich in den Irrgängen der Künstelei. Wirfst deinen Kittel von dir und behängst dich mit Auslands seidnen Lumpen. Dein Gottesdienst ist entweder geistlose Pracht oder eiskalte, häßliche Nacktheit. Deine Schreiber schälen die Wahrheit, werfen ihren Kern auf die Retorte, bis ihr Wesen in Duft verfliegt. Eurem Weltweisen und Schriftausleger sind meist herzlose Menschen, aller Darstellung feind und machen zu eurem künftigen Himmel eine gestaltlose Lichtwüste.

Aus dem 52. Stück vom Dezember

Weltschau

Wenn die ganze Welt eine Kette ist, wo ein Ring in den andern greift, so sind wir sehr zu beklagen, daß wir von dieser ungeheuren Kette nur so wenig Glaiche sehen. Jeder Annalist geht von seinem Vaterland aus, blinzt mit dem Schielauge auf andre Provinzen hin, läßt sich vom *Gerüchte*, dieser Allerweltshure, foppen und narren, setzt sich dann nieder und schreibt eine krüppelhafte Geschichte seiner Zeit. Wir sehen so wenig und wähnen so viel zu sehen. Wir wissen nichts, und richten über alles. Die Alten hatten den goldnen Spruch:

Unübersehbar ist der Wesen Kette,
Ihr erster Ring
Hängt an Jupiters Bette.

Wir Novellenschreiber jagen Jahr aus Jahr ein auf den dürren Kleppern unsrer Phantasie von *Lissabon* bis nach *Moskau* wie unsinnig herum, kümmern uns wenig um das, was in den übrigen Weltteilen vorgeht, als wenn die ganze übrige Welt, wie Miltons Paradies*, mit einer Mauer umzingelt wäre, über die nur ein Satan mit infernalischem Sprunge setzen könnte. So äußerst kärglich die Nachrichten aus andern Weltteilen sind, so sollen wir sie doch sorgfältig sammeln und beherzigen, indem es der vermessenste Stolz wäre, unter 1080 Millionen Menschen nur auf die kleine Zahl von 150 zu merken. In *Asien* ist der Geist der ehemaligen Größe und Tätigkeit noch nicht ganz verschwunden. Der jetzige König von *Persien* wird zwar am Gängelbande seines Ministeriums geführt; aber dies Ministerium handelt nach sehr weisen Grundsätzen. In *Ispahan* ist das Volk durch die Priester zu so hohem Religionseifer angefeuert worden, daß schon der tapfre Perser die Schneide seines Säbels auf dem Nagel versucht, um mit jedem Hiebe einen Christen zu spalten. Es ist von ihnen beschlossen, künftiges Frühjahr die Russen auf der Seite anzu-

* *Miltons Paradies*: Bezug auf das Epos *Das verlorene Paradies* (1667) des englischen Dichters John Milton (1608–1674)

greifen. 50000 Russen haben sich auch schon bei Astrakan versammelt, um diesem mächtigen Angriffe zu begegnen.

Das weitausgestreckte *China* hat nach des großen *Kienlongs* Tod an seinem Sohne *Taihai* einen weisen und guten Beherrscher erhalten. Nur beklagen die Patrioten des Reichs seine Vorliebe für die europäischen Künste und Sitten, die ihm schlaue Missionäre einzuflößen wußten. Ein französischer Exjesuit namens *Poisson* ist sein erster Ratgeber. Daher kommt der höchst wichtige Handlungstraktat, den der Kaiser mit Frankreich errichtete und der die Eifersucht der Briten so sehr aufreizte, daß sie eine eigene Gesandtschaft nach Peking schickten.

So viel ich nach dem Zeugnisse des Pater du Halde weiß, ist nie eine europäische Gesandtschaft in Peking geduldet worden. Der Geist der Neuerung, der sich heut zu Tage so mächtig gegen alles Alte erhebt, muß also auch dort einmal Wurzel fassen.

Nach den neuesten Missionsberichten findet die christliche Religion unter den *Chinesen* großen Fortgang und das ins Tartarische übersetzte neue Testament wird mit vieler Begierde gelesen.

So wie die Liebe zu Gottes Wort unter uns satten Europäern abnimmt, so wächst sie hingegen in andern Weltteilen. Der sonst so reichhaltige Bibelverlag ist an vielen Orten in Deutschland eingegangen. Wenn das Waisenhaus zu Halle sonst Bibeln zu Tausenden verschloß, so geht es jetzt kaum noch Duzendweise. Dagegen werden unzählige Bibeln in andere Weltteile versendet. Wenn die Leuchter auf unsern Altären verlöschen, so werden sie auf andern desto herrlicher strahlen.

In *Egypten* hat sich der Geist des Aufruhrs gelegt und alles ist bereit, die Kornkammern zu öffnen und die türkische Armee mit Früchten reichlich zu versehen.

In *Palästina* sollen, nach den neuesten Berichten eines Reisenden, sich die Juden häufig zusammendrängen, indem ein Schwärmer unter ihnen aus dem Propheten Daniel behaupten will, daß die Wiederherstellung ihres Reichs durch den Messias sehr nahe sei.

Gewiß ists, daß Gott mit den Juden noch was Großes vorhabe. Der unsterbliche Moses Mendelssohn hat es in seinem Jerusalem geahnet und der ächte Schriftforscher zittert seiner Ahnung zu. Wenn die Geschichte der Welt einmal ganz und vollendet da steht, so wird man gestehen müssen, daß die Juden das wichtigste Volk in der Menschengeschichte gewesen seien.

Kann mit allen Sonnen der Himmel
Lauter reden von dem, der ihn schuf? und konnt' es die Erde
Mit des tausendfarbigen Frühlings unzählbaren Kindern,
Als dies Volk ohne Zahl von Gottes Mittler geredt' hat?

Aus dem 9. Stück vom 29. Januar

[Volkslieder]

In jeder unsrer Provinzen und Städte sind große und edle Taten geschehen; aber kein Arm regt sich nun, der Mut genug hätte, diese Taten aus der Nacht zu heben. Da stehen wir wie Buben, gaffen das Ausland an, bewundern jeden Sprung über eine Nußschale und achten nicht unsre Väter, die kalt und kühn über Hügel und gähnende Klüfte wegsetzten. Drum nennt uns das Ausland Bettler, weil wir unser Gold und Silber verschließen und mit Rechenpfennigen und Lumpen hausieren. Durch nichts könnte unser erstorbener Patriotismus besser geweckt werden als durch Volksreden und Volkslieder, nach Art der Schweizerlieder geformt. O Vaterland, Vaterland! wenn wischest du einmal mit zürnender Faust den Schlummer aus deinen Augen, siehst dich in deinen eignen Hainen um und versuchst's, wo die Wünschelrute über dem Golde deines eignen Bodens zuckt!

Aus dem 12. Stück vom 12. Februar

Über deutsche Nationalaufklärung

Deutschland kommt mir vor wie ein großer Palast mit vielen Fenstern, deren Läden lange verschlossen blieben. Sachsen, Brandenburg, Braunschweig, Hannover öffneten ihre Fensterläden zuerst, die übrigen Provinzen behalfen sich zum Teil mit Jalousieläden oder ließen die Läden gar zu, weil glotzige Pfaffen behaupteten, das Sonnenlicht sei den Augen nicht zuträglich. Endlich begann man doch nach und nach überall die Läden zu öffnen und sich des wohltätigen Lichtstrahls zu erfreuen. Bald wird keine deutsche Provinz mehr sein, die bei verschlossenen Fensterläden, wie B...*, von Aufklärung spricht, und dann wird unser liebes Vaterland als eine Götterwohnung vor allen Völkern dastehen, von allen Seiten in einstrahlendem Lichte schimmernd.

Aus dem 60. Stück vom 25. Juli

Ein Blick nach Amerika

Die in diesem Reiche sich erhobnen Freistaaten können sich itzt im Schoße der Ruhe großwiegen, indem ganz Europa, auf Mord und Blutvergießen sinnend, diese jungen Zöglinge der Freiheit aus der Acht läßt. Der Entwurf der neuen Staatsverfassung, im hohen Geiste Washingtons und Franklins verfertigt, ist seiner Zeitigung und allgemeiner Annahme ganz nahe. Newhampshire schloß sich bereits an seine acht Schwestern an, und man darf hoffen, daß die übrigen Provinzen nächstens dieser neuen großen Bundesverfassung beitreten werden. Der Patriot Pendleton hat bereits Virginien dazu geneigt gemacht, das südliche Karolina wird ihm folgen, und Newyork und Rhodeisland werden denn den Sternenkranz zurunden. Wer wird sich einer so weisen und für alle Glieder der amerikanischen Union so vorteilhaften Verfassung in die Länge widersetzen wollen!
Indem wir Europäer drauf studieren, einander die Hälse zu brechen, so schiebt das freie Amerika immer saftigere Wurzeln, um zu einem fruchtbaren Baume emporzuwachsen. Amerika wird sich gewiß, wie Raynal prophezeit, schwer an der Schmach rächen, die ihm die stolzen Europäer angetan haben. Freiheit erzeugt Tugend, Tugend Stärke, Stärke Sieg –

Aus dem 65. Stück vom 12. August

* *wie B...*: wie Bayern

O Freiheit, du Tochter Gottes und seiner Religion! du Mutter alles Guten; alles Glückes der Menschheit! Möchten doch unsre Fürsten, die sich Heilande und Väter ihres Volks dünken, möchten sie doch einsehen, daß ohne dich keine würdige Menschenbildung, kein Glück und Wohlstand ihrer Völker möglich sei. – So bald die schändlichen Ketten zerbrochen waren, wie reiche Felder und liebliche Triften wurden da auf einmal aus den Wüsteneien der alten Barbarei! Der Landmann, der zuvor für ein gieriges Raubtier schwitzen mußte, arbeitete nur für sein Eigentum, für Weib, Kinder und Hausgenossen. Da wurden die Länder angebaut, die frischen Felder grünten. Die freien Städte handelten, erfanden und ersannen. Das waren Ameisenhaufen, wo Tausend und Tausend aus- und einliefen und Nahrung und Schätze herbeitrugen. Da hämmerten die Schmiede; da gingen die Webstühle und Spinnräder; da wimmelten die Kaufhäuser; da flatterten um die Häfen die Segel zu hundertweise. Alles lebte, alles webte, alles handelte, frei und ungehindert für Reichtum, Macht, Freiheit und Vergnügen; so seufzt der Pilger mit Vogt.
O Vaterland, Vaterland, möchtest du dich sonnen und wonnen ewig im Strahle der heiligen Freiheit!

Aus dem 94. Stück vom 21. November

Blick

Alle Völker der Erde, wo es noch Denker gibt, müssen jetzt ihre Blicke scharf auf das kleine Europa heften, das so lange schon durch seine Politik, Kriegskunde, Aufklärung, Wissenschaft und Kunst andern, weit größern Weltteilen furchtbar wurde. Wo hallten die Donner der Europäer nicht? wo wehte nicht ihr Geist? – Aber jetzt scheint es, unsrer europäischen Republik – wo Königsgewalt, Hierarchie, Herrschaft des Adels und des Volks seit vielen Jahrhunderten wie eiserne Widder aufeinander stießen, stehe eine ernste Veränderung bevor. In allen großen und kleinen Staaten bemerkt man eine Gärung, die immer gewaltiger wird, so, daß die Reife unsrer bisherigen Verfassungen schon da und dort zu springen beginnen wie ein Faß, worin brausender Most rumort. – In weniger als einem Jahrhundert wird Europa eine ganz andere Gestalt haben; dies weissagte der große *Friedrich* noch kurz vor seinem Tode. Traun! die Alleinherrscher haben die Saiten so gewaltig gespannt, daß sie brechen *müssen*.

Ein Mann hohen Geistes sprach jüngst zu mir: »Irreligiösität und Sittenverderb hat die meisten Großen angesteckt; sie müssen endlich ein Raub der niedern Stände werden, wo noch so viel körperliche und sittliche Kraft ist.«

Aus dem 47. Stück vom 10. Juni

[Fragen an Chronos]

Wie steht's in Frankreich? Die Nation hat plötzlich einen Schwung von Hoheit genommen, worüber der Schauer, Hörer und Leser staunen muß.

O Freiheit, Freiheit, Silberton dem Ohre,
Licht dem Verstande!

Dem Herzen groß Gefühl
Und freier Flug zu denken!! –*

Du bist's, die den Geist der Gallier beseelt, und zwar alle Stände mit gleicher Gesinnung. Man glaubt, der Kriegsstand gewöhne sich durch die Subordination allmählich einen Sklavensinn an; aber hier ist's nicht so. Die Garde, die um Paris liegende Regimenter und die braven Esterhazyschen Husaren schwuren bei Gott und ihrer Waffe, nicht gegen das Volk zu dienen. Der Graf von Afry hat laut erklärt, daß die Schweizerregimenter, im Fall eines Bürgerkrieges, alle abgehen würden.

Ich war sonst, mit vielen Landsleuten, gewaltig entrüstet gegen die Franzosen, schalt ihren Kleinigkeitssinn, ihr Modegift, womit sie wie mit aqua tofana** ganze Provinzen voll Krüppel und Geistessiechlinge machten; aber nun küß ich dem französischen Genius die Hand, denn er ist ein Geist der Freiheit, und Größe und Wahrheit ist in seinem Gefolge. Hieher, ihr Windköpfe, die ihr mit den Docken Frankreichs*** spielt, von deutscher Freiheit sprecht und euch bückt, wenn der Jagdhund eures Gebieters vorübergeht oder – wie jener sklavische sogenannte freie Reichsbürger vor der Perückenschachtel des Bürgermeisters den Hut zieht; hieher und lernet von den Franzosen, was Gefühl von Menschenwürde, was Freiheitsgeist sei!

Aus dem 55. Stück vom 10. Juli

* *Und freier Flug zu denken*: Verse Klopstocks aus der Ode *Das neue Jahrhundert*, von Sch. frei variiert

** *Aqua tofana*: langsam wirkendes, tödliches Gift

*** *Docken Frankreichs*: Docken schwäb. für Puppen; gemeint ist die absolutistische Adelsgesellschaft mit ihrer Rokoko-Kultur

Fortgang und Ende des Pariser Aufruhrs

Frankreich

hat uns seit wenigen Tagen ein Schauspiel gegeben, auf welches die Welt mit Staunen hinblickt. Groß und furchtbar begann die Empörung der Pariser Bürgerschaft, und ebensogroß und herrlich endigte sich dieselbe. Hier ist die treue Erzählung vom Fortgang und Ende dieser höchst wichtigen Begebenheit:

Neckers Entlassung war eigentlich der Brandstoff zu diesem greulichen Feuer. Vielleicht hat sich noch kein Minister in der Welt so mächtig um das Herz eines ganzen Volkes zu schlingen gewußt wie dieser. Man trug sein Brustbild nebst dem Brustbilde des Herzogs von Orleans im feierlichen Aufzuge umher. Aller Häupter waren entblößt, die Kriegsspiele klangen, die Scharwache folgte zu Pferd, und eine Menge Soldaten und Gardisten hinter ihnen her, welche Flöre trugen und so die allgemeine Klage der Nation über Necker ankündigten. Ein Haufe königlicher Reuter, die unvorsichtig unter das Volk sprengten, war die eigentliche Losung zur allgemeinen Empörung. Die Tuilrien*, einer der schönsten Gärten der Welt, waren in wenigen Stunden Graus und Verwüstung. Waffen, Waffen! so donnerte es gen Himmel, daß die Geister des Friedens ihr Antlitz verbargen. Der stärkste Auftritt, den nur der Geist eines Shakespeares oder Schillers ganz darzustellen vermöchte, war bei der Bastille, diesem furchtbaren Gebäude, wo der hagere Jammer und das bleiche Elend und der stiere Wahnsinn und die wilde Verzweiflung und die stumme schwindelnde Angst so lange schon ihre grauerliche Zellen hatten; – diesem Gebäude, an dessen Felsenwänden der Menschenfreund mit Schauer und Unwillen hinaufsah; dieses Schreckgebäude erstürmte das Volk, tötete den Befehlshaber Launay und einen Major; machte auch sogleich Anstalten, diese feste Jammerwohnung zu zertrümmern. Flesselles, der Prevot** der Kaufleute, ein Kriecher vor dem Throne und Volksfeind, wurde auf dem Greve-Platz unter freiem Himmel getötet. Wären die königlichen Tuppen in

* *die Tuilrien*: die königlichen Gärten in Paris
** *Prevot*: Vorsteher

diesem Augenblicke gegen die Stadt gerückt, so würde das entsetzlichste Blutbad erfolgt sein. Aber Frankreichs himmlischer Wächter verhinderte es. Die Bestürzung des Königs über diese Nachricht war sehr groß. Er und sein Haus brachten die schreckliche Nacht in Angst und Bangigkeit zu. Mittwoch Vormittag trat er in die Nationalversammlung und sprach das große Wort: *Zwischen mir und den Ständen soll künftig kein Zwischenstand mehr sein.* Gleich darauf schrieb er folgenden Brief:

»Ich werde meine Truppen zurücknehmen, und die Herren Reichsstände sind dafür Bürge. Ich liebe mein Volk; es ist tapfer; ich bin sein Vater; und ich verzeihe ihm.

Louis.«

Eine Abschrift dieses Briefes wurde sogleich nach Paris auf das Stadtrathaus, und von diesem nebst folgendem Befehl an alle Pfarrer in Paris abgeschickt: »Gleich bei Empfang dieses lassen Sie alle Glocken in Ihrer Pfarrei läuten, und ein feierliches ›Herr Gott dich loben wir!‹ anstimmen zum Dank für die große und wichtige Neuigkeit, daß der König seine Truppen von der Hauptstadt wieder entfernt und in die Provinzen geschickt.« – Die Einwohner des Kirchspiels St. Eustach verlangten den Brief zu küssen, und Tränen machten ihn ganz unleserlich. Da es aber noch Mißtrauische gab, die den Wankelmut und die Treulosigkeit der königlichen Ratgeber zu kennen glaubten, so faßte der König den erhabenen Entschluß – selbst nach Paris zu kommen und jeden zu befriedigen. Er kam freitags um 2 Uhr; auf dem Platze Ludwigs des XVten empfing ihn die Bürgergarde zu Fuß und zu Pferde. Nun ging es durch die ersten Straßen bis zum Stadthause (hotel de Ville) durch 3 Reihen bewaffneter Bürger, deren Zahl sich über 100 000 erstreckte. Unter die Bürger mischte sich auch die französische und Schweizergarde, das rührende Lied anstimmend: Wo ist man glücklicher, als in der Seinen Schoße! Dann folgten die Abgeordneten, und die Garden des Königs zu Fuß und ohne Waffen. Dann der König, ohne seine Brüder, in einer einfachen Jagdchaise, hinter ihm 4 Bediente, und Bürger zu Pferd und zu Fuße, begleiteten ihn. Der gute Monarch, gerührt von diesem unbeschreiblich namlosen Schauspiele, war nicht stark genug, seine Rede zu halten, und sein Sprecher *Bailly*,[1] ein trefflicher Kopf, endigte sie. Der Inhalt dieser Rede war: Der König kam, um dasjenige zu bestätigen, was er gestern in der Nationalversammlung versprach, um so das Vertrauen der Einwohner zu Paris zu gewinnen und sie zur Wiederherstellung der Ruhe zu ermahnen. Die Stimme des liebenden Vaters entwaffnete die Kinder. Hunderttausende riefen: Es lebe der König! ewig lebe unser guter König! Rasch wurden die blinkenden Bajonette abgenommen, und die Waffen mit hellen Blumen und frischem Laube geschückt. Der festliche Zug ging nun wieder unter lachendem Himmel nach dem Platze Ludwigs des XV., von welchem der König unter Geschützdonner, Musketenfeuer und Nachjauchzen des Volks nach Versailles zurückkehrte. Die Abgeordneten kamen nach dem königlichen Palaste zurück, wo alle Welt sich umarmte und Glück wünschte. Die Deputierten begaben sich hierauf wieder nach Versailles, um das Werk der so glücklich angefangenen Konstitution zu vollenden. Nun zogen die fremden Truppen ab, die bishero fast Hungers starben, jeder Haufe von einem Deputierten begleitet, um das Volk wieder mit ihnen auszusöhnen. Der König und die Versammlung der Stände schrieben an Necker, daß er zurückkommen möchte. Nicht zu Cambray, sondern zu *Basel* war der große Mann in diesem wichtigen Zeitpunkte. Er wird zurückkehren, denn er ist es der Liebe eines so herrlichen Volkes schuldig. Jedes kriegerische Ansehen ist nun weggeschwunden, die Tempel werden bald vom Tedeum widertönen, und die ganze Stadt wird aufs prächtigste beleuchtet werden. Noch sind die Schauspiele geschlossen, man geht aber haufenweise nach der Straße St. Antoine, um das Auge an der zerstörten Bastille zu weiden. Obgleich 2000 Menschen vom Donnerstag früh um 3 Uhr an ihrer Niederreißung arbeiten, so konnte doch die wütende Nation die Vollendung kaum erwarten; und während daß *Ludwig der XVIte* auf einer Seite nach der guten und standhaften Stadt Paris zurückkehrte, wurde auf der andern dies verhaßte Denkmal des Despotismus zertrümmert. 500 neue Arbeiter wurden den vorigen zugegeben, und indem diese schreckliche Steinmasse zusammenstürzt, so schlägt das Volk in die Hände und schreit den Arbeitern zu: Brav, brav! nur frisch gearbeitet, wir wollen euch gut bezahlen. So wird also

dies Schreckgebäude, wo Grausamkeit und Ungerechtigkeit so oft ihre Mysterien feierte, dessen schauerliche Geschichte Linguet beschrieb, das die Edlen alle verfluchten, jetzt ein grauerlicher Schutthaufen sein – –
Dies wäre also die Geschichte einer erstaunenswürdigen Tat, in weniger als 8 Tagen von den Parisern getan, – den Parisern! die in aller Welt als weibische Kleinmeister und Gecken verschrien sind. Sie hatten in zweimal 24 Stunden gegen 300 000 bewaffnete Männer auf den Beinen; dem Heere, das sie umgab, mutig getrotzt, den Hof in Schrecken gesetzt, und bei all diesem – ihren König redlich geliebt. Verheert ist die unbezwingliche Bastille, und der Pariser Bürger ist durch seine wunderbare Tätigkeit, seine Kühnheit, seine kraftvolle Anstrengung das Erstaunen des Auslands geworden.

Dem Pariser unbekannten Freunde sag ich hiemit für die Mitteilung dieser Nachrichten lauten Dank. Ihm muß das Herz am rechten Flecke schlagen. Was er vom Gerichte über die deutschen Aristokraten spricht, ist ganz wahr. Die Sturmglocke wird seiner Zeit auch ihnen zum Schrekken hallen. Herr K-r- aus Straßburg, der mich mehrmalen mit Beiträgen beehrte, wird gebeten, mir seinen Namen zu enthüllen, um ihm schriftlich seinen Verdacht zu benehmen.

[1] Dieser Bailly ist ein großer Kenner und Schätzer der deutschen Literatur, hat auch schon manches in seine Sprache übersetzt.

Aus dem 60. Stück vom 28. Juli

Ein Schauer in die Zukunft

sieht fürchterliche Dinge. Die ganze Welt im Aufruhr, alle Fäuste bewaffnet, die Fürsten alle an der Spitze geübter Krieger – um den Freiheitsgeist zu dämpfen, und die Thronen der Erdbeherrscher auf ewig zu gründen. Frankreich soll wieder seine ehemalige Verfassung erhalten, die Niederlande dem Kaiser eingeräumt, Polen neu geboren und alles, was höckericht ist, geebnet werden. Dann sollen die Könige und Fürsten der Welt eine goldene Kette bilden, wo ein Ring in traulicher Nachbarschaft in den andern greift. Wie toll der Träumer träumt! Durch welche Kräfte sollen die Fürsten dies alles tun? Durch die Kräfte geübter Kriegsheere. Woher nimmt man Krieger? Aus dem Volke. Wenn nun die Krieger untreu werden, wie in Frankreich und in den Niederlanden?! – wie da? was sind Fürsten ohne Volk? – o des hirnkranken Träumers!

Aus dem 5. Stück vom 15. Januar

Die Neufranken

fahren mit bewunderungswürdiger Ausdauer fort, ihre Freiheitsgebäude auf unerschütterlichen Fundamenten aufzurichten. Man glaubt in Paris nicht mehr jene unstete Franzosen zu finden, die selbst ihre Grundsätze der Mode unterwarfen, sondern ein großes, kühnes Volk, das allen Plunder über den Bord wirft, um desto lichter, freier und luftiger auf dem Meere ihrer neuen Verfassung zu segeln. Sie wollen lieber arm als Sklaven sein; daher ertragen sie den gegenwärtigen schrecklichen Mangel an Geld und Lebensfülle mit stoischem Gleichsinne. (...) Der Handel nach Westindien, diese goldrieselnde Quelle, ist nun für alle Franken geöffnet. Alle Anstalten zielen dahin, das Volk reich und den König arm zu machen.

Die sonst so große, hehre, aller Welt verdunkelnde französische Königsmajestät ist beinahe ganz verschwunden. Was ist jetzt der König anderst als ein Vater, den seine Kinder schätzen und ehren – weil er tut, was sie haben wollen?! Von der königlichen Familie vernimmt man daher nichts, als daß sie zuweilen schöne Sentenzen hören läßt.

Aus dem 32. Stück vom 20. April

Der Welt Gestalt

Man darf die Welt nicht mehr mit Herdern einem grabnickenden Greisen vergleichen, der nur lebend in der Rückerinnerung der Vergangenheit und halb tot im Gefühl der Gegenwart ist. Sind nicht mit dem sinkenden 18ten Jahrhunderte Dinge geschehen, die vom Drücken, Treiben und Stoßen einer ungewöhnlichen Kraft zeugen? – Ganz nahe an unsern Grenzen wurde letztern Sonntag ein Fest gefeiert, das an Feierlichkeit, Erhabenheit und herzerschütternder Größe in der Geschichte der Völker nichts Ähnliches hat.

Dies große *Freiheitsfest* wurde im benachbarten Elsaß gefeiert. Da schlangen sich die Nationalgarden in ein ewig unzerreißbares Band. In der Metzgeraue, die künftig die Bundesaue genannt wird, erhob sich ein Erdhügel, mit zween Wegen umgürtet, von Menschen wimmelnd. An den Ecken waren Eichbäume gepflanzt, an denen Wimpel von Nationalfarben wehten. Mitten auf dem Hügel erhob sich ein Altar von Rasen, der Vaterlandsaltar genannt. Des großen Bundes Sinnbild war eine Korngarbe, die gegen die Armee hinnickte, und dann die Bundesfahne, über dieser Garbe wie mit Cherubsflügeln spielend. Vor dem Altare das Heer in einem offnen Viereck, die Bundesgenossen in der Mitte. Vor diesem Altare, dem höchsten Gesetzgeber geheiligt, erhoben die verbündeten Franken (ein deutscher Brudername) die Finger gen Himmel und schwuren: Ewig treu zu bleiben dem Gesetz! Mit aller Kraft die Konstitution zu bewahren! All dies geschah unter dem Geläute der Glocken und Abdonnern der Kanonen. Die Munizipalität, von den Kindern des Vaterlandes begleitet, nahm ihren

Platz auf dem Amphitheater; dann wurde eine stille Messe vor dem Altare des Vaterlandes gehalten und die Fahnen eingeweiht. Bald trat ein protestantischer Prediger auf und sprach laut von der Größe, Würde und Heiligkeit des Tages. Man sagte dem Heere und den Bundesgenossen die Eidesformel vor und unter dem Schwunge der Bundesfahne antworteten die Bundesgenossen: Wir schwören es. Die ganze außerordentliche Feierlichkeit war immer mit hochschallender Musik begleitet, und dreimal krachten die Kanonen los für die Nation, das Gesetz, den König. Abends glänzte ganz Straßburg von tausendmaltausend Lampen, wie von Sternen beleuchtet. Man glaubte das himmlische Jerusalem zu sehen, und die Geister der Seligen in seinen kristallnen Palästen jauchzen zu hören.

Wie gewaltig groß, wie äußerst dichterisch, wie himmelerhebend ist dies alles! Wer sieht hier Abspannung der menschlichen Kraft! Wer Greisenohnmacht!? Weg mit der kalten Seele, die hier nicht glüht, nicht die Wiedergeburt eines großen Volkes mit Entzücken sieht, und all dies für nichts anders als eine prächtige Opernszene hält!!

Einer meiner feurigsten Freunde zu Straßburg meldet mir sogar, daß man Anstalten gemacht habe, das ganze große stolze Münster, dies kolossalische Denkmal deutscher Art und Kunst zu beleuchten*. Man zweifelt aber, ob dies wegen ungeheurer Kosten und Gefahr tunlich gewesen. Doch der Freie ist ein Halbgott, er kann schaffen, was er will.

Aus dem 48. Stück vom 15. Juni

* *Münster ... zu beleuchten*: Bezug auf Goethes Hymnus *Von deutscher Baukunst* (1771), in dem der 23jährige den imposanten Eindruck beschrieb, den das Straßburger Münster mit der Fassade von Erwin von Steinbach auf ihn machte

Die Lütticher, die den kühnen Gedanken wälzten, sich loszureißen von Deutschland und an unserer Grenze einen Freistaat zu bilden, werden nun von ihrem republikanischen Traume von den rauhen Fäusten der österreichischen Krieger schwer aufgerüttelt. Die österreichischen Krieger lagen einige Tage noch ruhig in den Lütticher Vorstädten. Plötzlich aber bemächtigten sie sich der Stadt selbst und entwaffneten die dortigen Patrioten.

> So wäre denn die Fehde daselbst durch einen Entscheidungsschlag geendet und bestätiget sich diese wichtige Nachricht, so tat dies gewiß Leopold mit Einverständnis Preußens und des ganzen Reichs, wie man daraus ersieht, daß die dasigen Exekutionstruppen kurz vorher das Land verlassen haben.

So wäre denn bald in ganz Deutschland die Harmonie zwischen Obrigkeit und Untertan wiederhergestellt. Der sächsische Bauer nimmt wieder den Katechismus und Beckers *Not- und Hülfsbüchlein** zur Hand und lernt, sich unter Gesetz und Ordnung schmiegen. In Hildesheim ist alles wieder in der trefflichsten Stimmung; alle übrigen Provinzen Deutschlands – Heil uns! – spielen in den lieblichsten Akkorden der Eintracht, die dadurch nicht unterbrochen wird, wenn da und dort ein deutscher Reichsstädter, mit seiner Obrigkeit unzufrieden, brummend eine Faust – – in der Tasche macht. – Indessen ratschlagen doch die Gesandten des Reichs zu Regensburg über die wichtigsten Gegenstände, worunter die Beschwerden der deutschen Fürsten gegen die Nationalversammlung von großer Aussicht sind.

> Bekanntlich haben die deutschen Fürsten den Kaiser gleich bei seiner Thronbesteigung** in einer inhaltsschweren Schrift aufgerufen, ihre gekränkten Rechte gegen Frankreich verteidigen zu helfen. Die Sache wird nun mit deutscher Gemächlichkeit und Gründlichkeit untersucht, und das Resultat wird sein – ein beeden Reichen vorteilhafter Vergleich, wie man es von der Friedensliebe unserer Fürsten sowohl, als von der Weisheit der französischen Nationalversammlung erwarten kann. Die Blutdurstigen aber sehen am benachbarten französischen Himmel, wie

vor der Zerstörung Jerusalems, Kriegsscharen fechten und hören vom Straßburgischen Münster einen Geist um Mitternacht rufen: Es kommt der Reuter auf dem weißen Pferde, ganz mit Blut bespritzt, vom Rheine her – sein Name ist *Krieg*. Die Schlachtenträumer glauben nämlich: Man werde eilends die Türken- und Russenfehden beilegen und dann mit bewaffneter Hand auf das zerrüttete Frankreich fallen, Elsaß, Lothringen wegnehmen und es wieder mit dem Reich vereinigen, die Aristokraten im Triumphe nach Frankreich führen, und so den guten Franken das Seil wieder über den Kopf werfen. Aber nicht zu gedenken, daß es unrühmlich für uns Deutsche wäre, die kreissende Gallia in den Geburtsschmerzen zu überfallen; so würde ein solcher Krieg Blut und Geld ganz unnütz vergeuden. Im Elsaß und in Lothringen ist, wie ich aus genauer Korrespondenz weiß, jedes Tröpflein deutschen Bluts versiegt. Man hängt da mit hoher Begeisterung an der neuen französischen Konstitution. Jüngling und Mann würde da mit Freuden seine Hüften gürten, und nicht mehr für 6 Sous Sklavensold, sondern für Vaterland und Freiheit fechten und sterben. O, sagt Plato sehr schön, man taste ja ein Volk nicht an, das eben die köstliche Frucht der Freiheit zu kosten beginnt – Man vergleiche sich lieber mit den Franken, als daß man mit ihnen kriege; man ahme ihr Gutes nach; denn sie haben jetzt weit mehr Nachahmungswürdiges als ehmals, wo sie mit Politik und Tand ganz Europa verdarben.

Aus dem 96. Stück vom 30. November

* *Beckers Not- und Hülfsbüchlein*: Rudolf Zacharias Becker (1752–1822) war Zeitschriftenherausgeber und Volksschriftsteller. Sein zweibändiges *Not- und Hilfsbüchlein oder lehrreiche Freuden- und Trauergeschichte des Dorfes Mildheim* (1787–1798) war sehr populär

** *Thronbesteigung*: nach Joseph II. Tod im Februar 1790 wurde sein Bruder Leopold II. zum deutschen Kaiser gekrönt

schreiten vor, daß der Erdkreis dröhnt. Ihr letzter Nationalschluß betraf die Geistlichkeit, diese Saite, auf dem politischen Klaviere am schwersten zu stimmen. Die Bischöfe empörten sich, wie natürlich, gegen diesen Schluß, traten vor den König und mußten hören, daß der Schluß unwiderruflich wäre. Bestürzt traten die Bischöfe ab; denn die Religion war nunmehr im Innersten angegriffen. – Bischöfe sollen nun bloße Bürger sein! Ohne stolze Paläste! Ohne vergoldete Wagen, von 6 Wieherern gezogen! Ohne goldne Lakaien! Ohne Köche! Ohne Kellermeister! – So klagten die Jünger des großen Hohenpriesters, der nicht wußte, wo er sein Haupt hinlegte und in seinem höchsten Staate – auf einem Esel ritt*. Sie mußten nun dem Vaterlande ihren Eid abschwören oder auf Recht und Sold Verzicht tun.

Eine schwere Beugung, aber längst von der allwaltenden Hand der Vorsicht vorbereitet. Es ist wahre Gnade von Gott, daß er die Diener der Kirche, die nach dem himmlischen Jerusalem hinweisen und sich auf der Welt so stattlich anbauten, langsam demütigt und sie nicht mit dem späten, entscheidenden Gerichtsdonnern trifft. – Zur neusten Geschichte der Franken gehört auch die Anekdote, daß die Fischweiber, die in der Mordnacht vom 6. Okt. als wahre Furien erschienen, die so ganz unwürdig den Namen Bürgerinnen trugen – verkleidete Mannspersonen waren. Man wandte sich zwar an sie – freiheitsstrebende Männer an Weiber!! – allein die Weiber empörten sich gegen diesen Antrag, und als der König schon in den Tuilerien war, so forderten sie in einer Gesandtschaft Genugtuung der schrecklichen Verleumdung halber, als wären sie Mitschuldige der Gewalttat gewesen, die man an der Majestät verübt hatte.

Aus dem 100. Stück vom 14. Dezember

* *auf einem Esel ritt*: nach dem Johannes-Evangelium (12. Kapitel) reitet Jesus entsprechend der Schrift auf einem Esel als Hohepriester in Jerusalem ein

Der Franken Freiheitstempel

eine köstliche Rotunda, auf deren goldnen Kuppel die Sonnenstrahlen so lieblich spielen, nähert sich seiner Vollendung, und nun arbeiten die kühnen Baumeister auch an einem Turme, der mit seinem Zwillingsbruder, dem Münster zu Straßburg, als ewiges Denkmal der von 26 Millionen Menschen errungenen heiligen Freiheit vor den Völkern stehen und zeugen soll. Das Schwerste ist nun geschehen. Man weiß, daß kein Reich bestehen kann, wo man nicht den Priesterstand gewonnen hat. Aber auch dieser gefürchtete, die Seelenherrschaft ursurpierende Stand ist nun durch einen feierlichen, in die Hand der Nation geschwornen Eid an die neue Grundverfassung geknüpft. Desgleichen tat auch der Soldatenstand, so daß ganz Frankreich, wirklich schon, mit Haupt und Gliedern einen großen, herrlichen Körper bildet, der sich durch liebliche Verhältnisse, durch Kraft, Stärke und Freiheit in der Bewegung bald vor allen Staatskörpern der Welt auszeichnen wird.
Es war ein herzhebender Anblick, als die Priester, indem sie den Eid des neuen Gehorsams schwuren, gleichsam ein neues Gelübde der christlichen Verläugnung taten. Denn nun wird Frankreich keine von fetten Pfründen gemästete hochwürdige Wänste mehr erblicken, nicht mehr Nachfolger des Zimmermannssohn von Nazareth in vergoldeten, von sechs stolzen Wieherern gezogenen Karrossen vorrüberrasseln sehen, nicht mehr Priester von der Kreuzigung des Fleisches predigen hören, deren runde, kupferne Gesichter das Gegenteil ahnen lassen; sondern man wird unter den Predigern der Wahrheit wieder die Beispiele und Muster zu ihren Lehrern finden. Auch war es schön, wenn nun der Krieger seinen Degen nicht mehr den Launen eines *Einzigen*, sondern dem *Vaterlande* mit einem feierlichen Schwur heiligte.

Aus dem 3. Stück vom 11. Januar

Glosse

Die Franken haben jetzt manchen Gedanken, der auch von uns aufgenommen und ausgeübt zu werden verdient. Darunter gehört der cerimoniöse Complimentierton in den Briefen, der unter allen gebildeten Völkern, sonderlich von Griechen und Römern, als Barbarei und menschenentehrender Sklavensinn angesehen wurde. Auch das, *mein Herr, Herr, ergebenster, gehorsamster, unterthänigster Diener* wird künftig in keinem französischen Briefe mehr zu lesen sein. Man schreibt da gerade nach alter Römersitte: Cicero entbeut dem Pompejus seinen Gruß. Welcher *Herkules* wird diesen Augiasstall auch unter uns misten!? Es ist Schande für uns biedre, vollherzige Deutsche, daß wir unsere Briefe, sonderlich an die Großen, in einen stinkenden Nebeldunst von den kriechendsten Ausdrücken einhüllen. Da muß man das bißchen Inhalt aus einem Schutthaufen von Höchstdieselben, Hochdieselben, gehorsamsten und ganz untertänigsten Formeln aus der Sklavengrammatik hervorsuchen. Ja, selbst unsere freundschaftlichen und gesellschaftlichen Briefe sind von diesem entehrenden Wuste noch nicht gereinigt. Warum ahmt man nicht Luthern nach? Der schreibt: *Luther an Spalatini: Heil!*

Aus dem 23. Stück vom 22. März

Glosse

Die Franken betrachten also die gegenwärtige Weltlage bloß in Beziehung auf sich. Sie glauben, die Kraft von ganz Europa werde das Beil heben, um die Zeder ihrer Freiheit zu fällen. Ich muß gestehen, daß einige sturmverkündende Vorboten da sind. Italien rüstet sich mit Bannstrahl und Waffenblitz. Spanien bildet eine Heerkette an der französischen Grenze, als wenn die Pest in Frankreich wäre; einige weise europäische Fürsten sehen zwar als *Menschen* das Große ein, wenn sich ein Volk aus der Sklaverei ringt, als *Fürsten* aber dürfen sie so was nicht billigen. Und was reichskundig ist, so hat der Kurfürst zu Mainz in der kräftigen Sprache seines Kabinetts

Kaiser und Reich und sonderlich die Glieder des deutschen Fürstenbundes aufgerufen, die Rechte der im Elsaß beeinträchtigten Reichsstände – mit *gewaffneter Hand zu vindizieren.* Das sind nun freilich gewaltige Stöße in die Kriegstrompete, deren Becher gegen Frankreich gekehrt ist. Allein es sind noch Umstände da, die diesen gewaltigen Angriff, womit Franzia bedroht wird, entweder ganz abwenden oder lange verzögern. Einer der wichtigsten Umstände ist, mit mehrern andern – das Entgegenstreben der preußischen Politik gegen die Absichten des Kaisers und einiger deutschen Fürsten, Gewalt gegen die Franken zu brauchen. Aber, guter Franke, der jetzt im Genusse der Freiheit ist und in ihrem Lichte wie die Lerche im Frühlingsschimmer schwimmt und singt, droben über allen Sternen wohnt der Mann, der Urgroße, der Urherrscher, der dir dein Schicksal schon zugewogen hat. Hat er die Bluttaufe über dich beschlossen, wie kannst du's wehren??

Aus dem 37. Stück vom 10. Mai

Schreiben aus Straßburg

Unsre Stadt, ja das ganze Königreich, ist jetzt ein Marsfeld, wo Waffen blinken, wo sich junge rüstige Kämpfer zum Streite rüsten, wo Staub unter dem Hufschlage des Streitrosses aufwirbelt – ein Feld, über welchem Wotans Adler schweben, die Blut schreien, Blut dürsten –

Bis Galliens Tale
Weiß sind von Bürgergebein.

Ha, Freund, die Sturmglocke ist angezogen und das Zeichen zum Bürgerkriege gegeben. Man hat nämlich den König entführen wollen, ihn aber bei Varennes wieder eingeholt, ihn samt seiner Gemahlin und dem Dauphin gefangengenommen und mit einer Begleitung von mehr als 6000 Nationalkriegern nach Paris gebracht.

Diese außerordentliche Begebenheit, eine Verkündigerin ungewöhnlicher Dinge, hängt, nach gedachtem zuverlässigem Schreiben, eigentlich so zusammen: Der 21ste dies ward zur Entführung – oder Flucht des Königs ausgesetzt.

In der Frühe dieses furchtbaren Tages ging die königliche Familie ab, um den Weg nach Luxemburg zu nehmen. Die wachsamen Nationalen aber merkten es. Man flog der königlichen Familie nach, holte sie ein zu Varennes, 4 Meilen von Verdun. 500 Mann Nationalgarde und eben soviel Linientruppen nebst 6 Kanonen nahmen den König zuerst in Emfang. Der Schrecken der königlichen Familie glich einem Wetterstreiche, den den ganzen Körper trifft, ohne ihn zu töten. In der Mitte von mehreren tausend Kriegern und vom Geschütz begleitet, neben welchem die Artilleristen mit brennenden Lunten gingen, mußte der König wieder nach Paris umlenken. Den 22sten dies abends um 8 Uhr war der König in Chalons, woselbst ihn 6000 Nationalgarden empfingen. Der Comte de Gange, ein Vertrauter des Königs, wollte auf der Rückreise mit dem König sprechen; allein die Nationalgarde versagte es ihm. Da zog er in der Verzweiflung zwei Pistolen, drückte ab, doch ohne jemand zu verwunden. Nun floh er, aber man setzte ihm nach, holt ihn ein und hieb ihn in Stücken. Nun ist durchs ganze Königreich die fürchterliche Kunde geschlagen: Der König ist gefangen! Zu den Waffen!! Im ganzen Elsaß wehte die Kriegsfahne. Die Fallbrücke an der Rheinbrücke wurde aufgezogen, alle Vereinigung mit diesseits und jenseits abgeschnitten, der Posten am Rhein mit 100 Mann verstärkt, und allen Bürgern ward Befehl gegeben: sich marschfertig zu halten. Die Verwaltungskorps traten zusammen, wie weiland die alten Römer, in deren Mitte ein Brutus strahlte, und schwuren vor allem Volke den Eid: Die neue Reichsverfassung mit Gut und Blut zu verteidigen. Wer dies nicht täte, soll für infam und des Namens eines französischen Bürgers unwürdig erklärt werden. – So schwuren die Bürger, und das Volk sagte Amen! Gleichen Eid legten auch etliche tausend Bürger in der Nikolauskirche ab, und nun hörte man nichts als Waffen und kriegheischende Stimmen. Die Verwaltungsgesellschaften machten sogleich die weisesten Sicherheitsanstalten, so daß auf den ersten Kanonenschuß die Nationalgardisten und Linientruppen beim ersten Angriff auf ihren Posten stehen werden. – So hat denn deine Stunde geschlagen, Franzia, wo du vor aller Welt den heißen

Vaterlandskampf kämpfen mußt! Die Stunde, wo der Gerichtsengel spricht: Es fließe Blut! Bürgerblut fließe ins Tal des Todes! – Doch ist es wahrscheinlich, daß die Sache, so kraus und verwickelt sie auch ist, noch einen besseren Ausgang nehmen könnte, als die bestürzte Furcht ahndet. Wäre dem König seine Flucht gelungen, dann wäre der Bürgerkrieg unvermeidlich gewesen. Jetzt aber kann man hoffen, daß er sich aussöhnet mit der Nation, daß die Geflohenen wieder in ihre Heimat zurückkehren und daß sich nach und nach alles anschmiege an den Riesenkörper der neuen Verfassung. O möchten meine Wünsche wahr werden!!

Aus dem 51. Stück vom 28. Juni

Epilog im Harnisch

Der Verfasser der Straßburger Zeitung, ein weidlicher Mann, holt schon ein paarmal aus, um mich zu beohrfeigen, wie es ziemt – *dem deutschen Sklavenvieh.* Aber die Ohrfeige traf den Unrechten. Wem ist Frankreichs Freiheit heiliger als mir? Wer pries wie ich die edlen Männer in Straßburg, die im altdeutschen Sinne auftraten und zeigten, daß sie von Despotenhudelei noch unverkrüppelt waren? Diese Sympathie, diese Freude über der Freien Glück hat mir schon Verdruß und Verantwortung zugezogen. Und doch geht mein Straßburger her, nennt mich einen *Sklaven, Schmeichler der Großen und Entweiher der Würde eines Volkslehrers.* Wär ich dies alles, so hätt ich das Pfui! verdient, das der Straßburger verächtlich auf mich sprützt. Aber, wer mich nur halb kennt, wer mich schreiben, sprechen, handeln sieht und hört, der wird mir das Zeugnis geben, daß auch beinahe *elfjährige Gefangenschaft* den Drang nach *wohlverstandener* Freiheit, nach einer Freiheit, die in jedem gesitteten Staate, die vorzüglich im Himmel gilt, nicht aus meinem Herzen tilgen konnte. Daher segnete ich die freien Franken, ohne das Mitleid gegen die Flüchtlinge ihres Volkes zu verlieren. Sie zogen scharenweise vor meinem Fenster vorbei, viele von ihnen, worunter einige herrliche Menschen waren, besuchten mich; daher mein Mitleid und der geheime Wunsch, daß sie sich bald aussöhnen möchten mit ihrem entfesselten Vaterlande. – Was denkt also der Straßburger Stiefbruder, der immer den Paläster gespannt hat und ihn abdrückt auf jeden, an dem er eine Aristokratennase entdecken will, daß er auch auf mich seine Pfeile schießt, ohne *meine Lage* in Betracht zu ziehen!? Er schreibt in *Straßburg* und ich in *Stuttgart*. – – Schande ihm, nicht mir!!

Aus dem 51. Stück vom 28. Juni

Boten

Aus Frankreich. Den 25. Junius, abends gegen 8 Uhr zog der unglückliche König der Franken in Paris ein – mit einer Begleitung und unter einem Getöse von bewaffneten und unbewaffneten Menschen, dergleichen die ganze Geschichte nichts Ähnliches hat.

Da lies Leser, und fasse mit heiligem Schauer die Lehre, daß der Könige und Fürsten Gericht oft schon hier beginne. Erst denke dir 30000 bewaffnete Männer, die den König begleiteten; dann die gesamte Pariser Mannschaft, die auf beiden Seiten des Wegs einen Waffenwald bildete. Vor der Kutsche eine Menge Reuterei von Nationalgarden aller Farben; dann – die Kutsche selbst mit der Königlichen Familie. Der König in einem schlechten Kleide, ohne irgendein Zeichen seiner königlichen Hoheit, den runden Hut tief ins Gesicht gedrückt. Auf dem Kutschersitze waren drei seiner vormaligen Leibwachen in Kurierskleidung, die Hände kreuzweise gefesselt. Nationalgarden saßen hinten und vorn auf der Kutsche. So fuhr der König, der mächtigste König der Welt, ein Sprößling vom ungeheuern Baume der stolzen fränkischen Könige! – Mangin und seine Freunde, die den König auf seiner Flucht anhielten, folgten in einem offenen Wagen nach, der mit Zweigen und Eichen- und Lorbeerbäumen besteckt war. Dann kam das übrige Heer, das den König bedeckte. Alle Trommeln wurden geschlagen; 200 Tambours gingen vor dem Wagen des Königs her und übertäubten das Gekreisch der Weiber, die ihn von beiden Seiten der Straßen mit niedrigen Schimpfwörtern empfingen. Der Weg war mit einer ungeheuern Volksmenge übersäet; doch blieb alles in förmlicher Stille, man fühlte das Fürchterlich-Große der Szene. Kein Hut wurde vor dem König gelüpft, denn die Achtung des Volks gegen ihn war nun auf immer verschwunden. Als der Zug die Vorstadt Pantin durch war, so bewölkte eine Grenadierschar des Königs Wagen, daß man nicht mehr hineinsehen konnte. Fluch scholl dem Könige, und seinem Fänger Mangin der Freudenjubel: Es lebe die Nation! Es leben die Patrioten! So kam die ungeheure Schaar in den Garten der Tuileries. Der Wagen stand, die königliche Familie stieg aus, und taumelte in ihre Zimmer. Nun wollten die Nationalgarden die drei Kurie des Königs aufhängen; man rettete sie aber mit Mühe, und warf sie gefesselt in Kerker, wo nun auch die Gouvernantin der königlichen Kinder Thoursel und die Hofdame der Königin schmachtet. Alles blieb ruhig – bei diesem schrecklichen Aufzuge ruhig, welches dem Volk Ehre macht. Auf dem ganzen Zug kamen nur zwei Personen ums Leben – weiland Marquis Dampierre, der vor dem Wagen des Königs fiel, und ein ungeschworner Geistlicher, den seine eigene Pfarrkinder erschlugen. – Der Name *König* ist nun ein Greuel den Franken wie weiland den Römern. Die milchweiße Lilie*, vor der sich weiland Zedernbäume bückten, hängt ihr sterbendes Haupt zur Erde. Nun wird Gericht über den König gehalten, der seit seiner Gefangenschaft sehr kleinmütig geworden, viel weint und alles zu gestehen verspricht. Mehr Standhaftigkeit zeigte die Königin, die überhaupt mehr königlichen Geist hat als der König. Weile, Leser, bei dieser einzigen Szene, in der du einen Vorblick von jenem großen Tage findest, wo alle Könige, Fürsten und Herrscher der Erde vorgefordert werden, um Rechenschaft zu geben von ihrem Haushalten. Indessen – wer sollte nicht dem Könige, der gewiß nicht schlimm, der nur schwach ist, eine Träne des Mitleids weinen!?

Aus dem 53. Stück vom 5. Juli

* *die milchweiße Lilie*: Insignium der Bourbonen, der Königsfamilie

Hannover und Braunschweig nährt unter seinen Fürsten – edle starke, biedre, geistreiche Menschen und – der Hesse ist lange schon vor allen Provinzialen Deutschlands – an Gehorsam, Ausharren, Dulden gewöhnt. – –

Aus Hessen-Kassel laufen häufige Berichte ein, die schwere Auslagen gegen die Regierung enthalten. Wer kann aber immer für die Wahrheit solcher Anklagen bürgen? –

In allen übrigen deutschen Staaten, kleinern und größern, geistlichen und weltlichen herrscht großer Friede und nirgends jenes Volksungestüm, das von nahen Revolutionen zeugt. Selbst die reichsstädtischen Bürger, die oft mit mächtiger Faust und Donnersprache gegen ihre Obrigkeiten zu haranguieren pflegen – sind gerade jetzt müde ihres langen Zwists und sehen es ein, wie fein und lieblich es sei, wenn Obrigkeit und Bürgerschaft zusammenklingen – wie Orgelspiel und Tempelgesang.

Ich mußte diese kurze, aber wahre Darstellung denjenigen entgegenstellen, die jetzt in Deutschland glimmende Funken eines Brandes bemerken wollen. Der Deutsche sitzt fest und breit in seinem Großvaterstuhle und ist zur Genügsamkeit, zur Unterwerfung, zur Arbeit geneigter als andre Nationen. Er ist verständig und denkt: Auf dieser Welt ist doch keine wahre Freiheit zu finden; drüben erst wird es uns glücken, hineinzuschauen in das vollkommene Gesetz der Freiheit. Wenn er aber mit Gewalt aufgerüttelt wird, dann handelt er stark – seine Worte sind Donner, sein Schweigen ist Tod, sein Stirnerunzeln ein Gewitter, sein Faustschlag ein Keil des Donnerers. Kurz, wir Deutsche sind noch immer jene, die unter Waffenklang den Ausspruch taten:

– – – Die Gallier heißen Franken –
Engländer die Briten!
O Vaterland – – –
Weit schattet und kühlt dein Hain,
Steht und spottet des Sturmes der Zeit,
Spottet der Büsch um sich her.

Aus dem 59. Stück vom 26. Juli

Nachricht

Mit blutendem Herzen muß ich hiemit dem Publikum ankündigen: Daß mein Vater heute den 10ten Oktober morgens zwischen 8–9 Uhr an einem Steckflusse im 52sten Jahre seines Lebens – sanft und voll Vertrauen auf Gott und seinen Christus gestorben ist. Die Tausende, die ihn kannten und liebten, und seine immer zunehmenden Leser werden bei dieser Nachricht eine Tränenpause machen und mir und meiner gebeugten Mutter und Schwester das Schreckliche unseres Verlustes nachempfinden . . . Jetzt kann ich nichts als euch danken, ihr Nahen und Fernen, die ihr ehmals euer Mitleid und in der Folge euren Beifall und eure Aufmerksamkeit in so reichem Maße schenktet – nichts als danken und eine brennende Zähre auf den Leichnam des Entschlafenen weinen. Einige edle und geistreiche Freunde meines seligen Vaters setzen mich in den Stand, dem Publikum die Versicherung geben zu können, daß die Chronik nach dem bisherigen Plan und im bisherigen Tone werde fortgesetzt werden.

Stuttgart, den 10. Okt. 1791 *Ludwig Schubart*

Aus dem 81. Stück vom 11. Oktober

Zeittafel

24. März 1739 Christian Friedrich Daniel Schubart als Sohn des Pfarrvikars, Kantors und Präzeptors Johann Jacob Schubart in Obersontheim/Grafschaft Limpurg geboren

1740 Übersiedlung der Familie in die Freie Reichsstadt Aalen

1753 Besuch des Lyzeums in Nördlingen

1756 Besuch der Schule »Zum Heiligen Geist« in Nürnberg

Okt. 1758 Beginn des Theologiestudiums in Erlangen. Dort in den Schuldturm gebracht

Sommer 1760 Abbruch des Studiums, Rückkehr nach Aalen; Schubart hilft dem Vater aus und ist kurze Zeit als Hauslehrer in Königsbronn tätig

1763–69 Lehrer in Geislingen

1764 Heirat mit Helene Bühler, Tochter eines Zollbeamten

1766 Sohn Ludwig geboren

1766 Es erscheinen die *Zaubereien*

1767 Tochter Julie geboren

1767 es erscheinen die *Todesgesänge*

Herbst 1769 – Mai 1773 am Hof in Ludwigsburg als Organist tätig. Skandale und Auseinandersetzungen mit seinem geistlichen Vorgesetzten; Flucht der Frau. Schließlich Ausweisung aus württembergischen Landen

Mai 1773 – Okt. 1773 Vagabundenleben

Okt. 1773 in München

ab März 1774 in Augsburg

31. März 1774 erste Nummer der *Deutschen Chronik*. Ausweisung aus der Stadt wegen seiner Auseinandersetzung mit dem Exorzisten Gaßner, religionskritischer Äußerungen und einer Fehde mit den Jesuiten.

ab Jan. 1775 in Ulm Fortsetzung der *Chronik*

23. Jan. 1777 unter Vorwänden aus der Freien Reichsstadt Ulm nach Blaubeuren auf württembergisches Gebiet gelockt, dort gefangengenommen und auf den Asperg verschleppt. Zunächst für 377 Tage strenge Isolationshaft.

Ende 1780 Nach geistlichen Übungen Lockerung der Haft. Gedicht *Die Fürstengruft*

Juli 1785 erster Besuch von Frau und Kindern auf dem Asperg

1785/86 *Sämtliche Gedichte* in der herzoglichen Druckerei veröffentlicht

11. Mai 1787 Nach öffentlicher Kampagne und diplomatischen Aktivitäten Preußens Entlassung aus der Haft. Anstellung in Stuttgart als Hofdichter und Theaterdirektor

Juli 1787 Die Zeitschrift darf unter dem Titel *Vaterländische* Chronik wieder erscheinen

1791/92 Schubarts Autobiographie *Leben und Gesinnungen*

10. Okt. 1791 Tod Schubarts

Auswahl-Bibliographie

Das nachfolgende Verzeichnis der Schriften Schubarts und von Sekundärliteratur erhebt keinen Anspruch auf bibliographische Vollständigkeit. Weggelassen wurden vor allem die in regionalen Blättern veröffentlichten und in Einzelheiten sich verzweigenden Beiträge der ungezählten Heimatforscher.

1. *Werke*

Eine vollständige Ausgabe, die auch textkritischen Anforderungen entsprechen könnte, existiert bis heute nicht. Die Gedichte sind in den verschiedensten, zum Teil erheblich voneinander abweichenden Fassungen überliefert. – Die in diesen Band aufgenommenen Texte Schubarts gehen auf die Erstdrucke zurück. Die Orthographie wurde leicht modernisiert.

C.F.D. Schubarts Sämtliche Gedichte. Von ihm selbst hrsg., 2 Bde., Stuttgart 1785/86

C.F.D. Schubart: Gedichte. Hrsg. von seinem Sohne Ludwig Schubart, 2 Bde.
Frankfurt 1802

C.F.D. Schubarts Ideen zu einer Ästhetik der Tonkunst. Hrsg. von Ludwig Schubart,
Wien 1806
(neu hrsg. von Ludwig Mainka, Leipzig 1977)

Schubart's Leben und Gesinnungen. Von ihm selbst, im Kerker aufgesetzt, 2 Bde.
Stuttgart 1791/92

C.F.D. Schubarts Gesammelte Schriften und Schicksale, 8 Bde.,
Stuttgart 1839/40
(Reprographischer Nachdruck Hildesheim 1972)
(die umfangreichste, aber in der Textgestaltung keineswegs zuverlässige Ausgabe. Der Sohn Ludwig hat als Teilherausgeber weitgehende Eingriffe vorgenommen)

Deutsche Chronik 1774–1777. Faksimiledruck, mit einem Nachwort hrsg. von Hans Krauss, 4 Bde.,
Heidelberg 1975

Vaterländische Chronik, Vaterlandschronik, Chronik,
Stuttgart 1788–1791
(zit. nach dem Exemplar der Württembergischen Landesbibliothek in Stuttgart. Weitere Exemplare im Schiller-Nationalmuseum Marbach und im Stadtarchiv Ulm)

David Friedrich Strauß (Hrsg.): C.F.D. Schubart's Leben in seinen Briefen, 2 Bde.,
Berlin 1849

C.F.D. Schubarts Gedichte. Historisch-kritische Ausgabe, hrsg. von Gustav Hauff,
Leipzig o.J. (1884)
(umfangreiche Sammlung, doch ihrem philologischen Anspruch nicht entsprechend)
Schubarts Werke in einem Band. Hrsg. von Ursula Wertheim und Hans Böhm, Weimar 1959
(Bibliothek deutscher Klassiker)
C.F.D. Schubart: Strophen für die Freiheit. Eine Auswahl aus den Werken und Briefen. Hrsg. von Peter Härtling,
Stuttgart 1976
(bibliophil aufgemacht)

2. Weitere Quellen

Haug, Balthasar: Schubarts Charakter, Ulm 1771 (negativ)
(Zeiler:) Hannswurst und Schubart. Ein Lustspiel, aufgeführt von dem Verfasser der Sympathie zum Vergnügen der Schwaben, Augsburg 1775 (jesuit. Schmähschrift gegen Schubart)
Anonym: Poetische Gedanken über den schon aus drey ansehnlichen Städten verwiesenen Chronikschreiber Schubart, o. O. 1776
Anonym: C.F.D. Schubarts Leben und Karakter von einem Freund desselben, Mannheim 1778
Schubart, Ludwig: Schubarts Karakter von seinem Sohne Ludwig, Erlangen 1798 (auch in Ges. Schriften, Bd. 2, Stg. 1832)
(als Fortsetzung der Schubartschen Autobiographie annonciert; eine ausgezeichnete Chrarakteristik)
Anonym: Baur und Schubart oder Schieferdecker und Poet. Aus einem alten Manuskript, Stuttgart 1845; (Neudruck nach der 2. Auflage, Marbach/Neckar 1978)

3. Ergänzungen zu den Briefen

Krauss, Rudolf: Schubart und seine Tochter Julie. Mit ungedruckten Briefen und Versen, o. O. 1900
Krauss, Rudolf: Neue Briefe von Schubart I
Briefe Schubarts an seine Gattin von Asperg nach Stuttgart.
In: Euphorion 8, 1901, S. 77–102
Krauss, Rudolf: Neue Briefe von Schubart II
Briefe Schubarts an seinen Sohn Ludwig.
In: Euphorion 8, 1901, S. 285–300

4. Biographien, allgemeine Würdigungen

Prutz, Robert: Menschen und Bücher. Biographische Beiträge zur deutschen Literatur- und Sittengeschichte des 18. Jahrhunderts, Leipzig 1862, S. 165–266

Hauff, Gustav: Schubart in seinem Leben und seinen Werken, Stuttgart 1885
Nägele, Eugen: Aus Schubarts Leben und Wirken. Mit einem Anhang: Schubarts Erstlingswerke und Schuldiktate, Stuttgart 1888
Holzer, Ernst: Schubartstudien, Ulm 1903
Klob, Karl Maria: Schubart. Ein deutsches Dichter- und Kulturbild, Ulm 1908
Wohlwill, Adolf: Zur Schubart-Biographie. In: Euphorion 16, 1909, S. 149–360
Jäger, Theodor: Schubart. Die sittlich-religiöse Entwicklung des Dichters, Aalen 1913
Gaiser, Konrad: C.F.D. Schubart. Schicksal, Zeitbild, ausgewählte Schriften, Stuttgart 1929
Lahnstein, Peter: Schubarts Leben. In: P.L., Bürger und Poet, Tübingen 1966
Härtling, Peter: Ein Rebell im Rokoko. In: Der Monat 20, 1968, S. 59–66

5. *Zu einzelnen Lebensetappen*

Fehleisen, Georg: Schuldiktate Schubarts während seiner Wirksamkeit an der Geislinger Schule 1763–1769, Tübingen 1929
Pressel, Friedrich: Schubart in Ulm, Ulm 1861
Endriss, Julius: Die Ulmer Aufklärung 1750–1810, Ulm 1942
Simon, Hermann: Geschichte der Ulmer Presse von den Anfängen bis zum Beginn des 20. Jahrhunderts, Diss. München 1954

6. *Zur Chronik*

Müller, Wilhelm: Die literarische Kritik in Schubarts deutscher Chronik 1774–1777, Diss. Erlangen 1910
Schairer, Erich: Schubart als politischer Journalist, Diss. Tübingen 1914
Adamietz, Horst: C.F.D. Schubarts Volksblatt »Deutsche Chronik«, Diss. Berlin 1945
Kegel, Rudolf: Die nationalen und sozialen Werte in der Publizistik Schubarts. Unter Berücksichtigung seines Lebens und seiner Lebensumstände, Diss. Greifswald 1960
Krauss, Hans: Nachwort zum Reprint der Chronik, Bd. 4, Heidelberg 1975, III–LXVIII
Klein, Hans-Gerd: Die »Deutsche Chronik« (1774–1793). In: Deutsche Zeitschriften des 17. bis 20. Jahrhunderts. Hrsg. von Dietrich Fischer. 1977, S. 103–111

7. *Der Musiker*

Holzer, Ernst: Schubart als Musiker, Stuttgart 1905 (Darstellungen aus der württembergischen Geschichte. Bd. 2)

Schimpf, Otto: C.F.D. Schubart und das deutsche Lied, Diss. Marburg 1950
Suppan, Wolfgang: Zum Problem der Trivialisierung der Volkslieder im Volksmund.
In: Das Triviale in Literatur, Musik und bild. Kunst. Hrsg. von Helga de la Motte-Haber, Frankfurt a.M. 1972, S. 148–162

8. Der Asperg

Hoch, Immanuel M.: Geschichte der württembergischen Veste Hohenasperg und ihrer merkwürdigsten politischen und anderen Gefangenen, Stuttgart 1838
Biffart, M.: Geschichte der württembergischen Veste Hohenasperg und ihrer merkwürdigen Gefangenen, Stuttgart 1858
Schön, Theodor: Die Staatsgefangenen auf dem Hohenasperg, Stuttgart 1899
Bolay, Theodor: Der Hohenasperg. Vergangenheit und Gegenwart, Bietigheim 1972
Brandstätter, Horst: Asperg. Ein deutsches Befängnis. Der schwäbische Demokratenbuckel und seine Insassen: Pfarrer, Schreiber, Kaufleute, Lehrer, gemeines Volk und andere republikanische Brut. Mit Abschweifungen über Denunzianten und Sympathisanten in alter und neuer Zeit, Berlin 1978 (Wagenbachs Taschenbücherei 45)

9. Romane und andere fiktive Darstellungen

Weisser, Adolf: Schubart's Wanderjahre oder Dichter und Pfaff. Roman Hamburg 1855
Brachvogel, Albert Emil: Schubart und seine Zeitgenossen, Roman, 2 Bde., Leipzig 1864
Lilienfein, Heinrich: In Fesseln frei. Roman, Stuttgart 1938
Thorn, Eduard: Genius in Fesseln, C.F.D. Schubarts Leben, Geislingen ^{2}1950
Meichner, Fritz: In tyrannos! Erzählung aus der Sturm- und Drangzeit, Weimar 1953. (Der Verfasser veröffentlichte in der Nazizeit einen Roman über Sch. und auch einen Beitrag über den Dichter in: Das Neue. Monatsschrift für die nationalsozialistische Weltanschauung 9, 1940, H. 3)
Foerster, Oskar: Der Gefangene von Hohenasperg. Leben und Schicksal C.F.D. Schubarts, Düsseldorf 1954
Reinhardt, Heinz Rainer: Ich, Schubart ein Genie. Geschichte eines verstümmelten Lebens, Heilbronn 1964
Keppler, Utta: Botschaft eines trunkenen Lebens. Das tragische Schicksal des Dichters C.F.D. Schubart, Stuttgart 1972

WAGENBACHS TASCHENBÜCHEREI

Franz Kafka. In der Strafkolonie. Eine Geschichte aus dem Jahre 1914. Mit Materialien, Chronik und Anmerkungen von Klaus Wagenbach. WAT 1. 96 Seiten. DM 5,-

Faust. Ein deutscher Mann. Die Geburt einer Legende und ihr Fortleben in den Köpfen. Lesebuch von Klaus Völker. WAT 2. 192 Seiten. DM 8,50

1848/49: Bürgerkrieg in Baden. Chronik einer verlorenen Revolution. Zusammengestellt von Wolfgang Dreßen. WAT 3. 160 Seiten. DM 7,50

Länderkunde: Indonesien. Von Einar Schlereth. WAT 4. 128 Seiten. DM 5,50

Schlaraffenland, nimms in die Hand! Kochbuch für Gesellschaften. Von Peter Fischer. WAT 5. 224 Seiten. DM 10,-

Peter Brückner, »... bewahre uns Gott in Deutschland vor irgendeiner Revolution!« WAT 6. 128 Seiten. DM 6,50

Auf dem Langen Marsch. Hrsg. Dietmar Albrecht, Dirk Betke. WAT 7. 160 S. DM 7,-

Die Geschichte des Docktor Frankenstein und seines Mord-Monsters oder die Allgewalt der Liebe. Herausgegeben von Susanne Foerster. WAT 8. 128 Seiten. DM 5,–

Babeuf. Der Krieg zwischen Reich und Arm. Artikel, Reden, Briefe. Kommentiert von Peter Fischer. WAT 9. 128 Seiten. DM 6,-

William Beckford: Die Geschichte des Kalifen Vathek. Ein Schauerroman aus dem britischen Empire. Kommentare von Gisela Dischner. WAT 10. 192 Seiten. DM 7,50

1886, Haymarket. Die deutschen Anarchisten von Chicago, Lebensläufe, Reden. Herausgegeben von Horst Karasek. WAT 11. 192 Seiten. DM 8,50

Jonas Geist Versuch das **Holstentor zu Lübeck** im Geiste etwas anzuheben. WAT 12. 144 Seiten. DM 6,50

Die Schlacht unter dem Regenbogen. Frankenhausen 1525, ein Lehrstück aus dem Bauernkrieg. Von Ludwig Fischer. WAT 13. 192 Seiten. DM 8,50

Zapata Barbara Beck und Horst Kurnitzky: Bilder aus der mexikanischen Revolution. WAT 14. 160 Seiten. DM 7,50

Weißer Lotus, Rote Bärte. Geheimgesellschaften in China. Zur Vorgeschichte der Revolution. Ein Dossier von Jean Chesneaux. WAT 15. 192 Seiten. DM 8,-

Die Kommune der Wiedertäufer. Münster 1534. Von Horst Karasek. WAT 16. 160 Seiten. DM 7,50

Grand Guignol. Das blutige Theater Frankreichs. Zusammengestellt von Caroline Neubaur und Karin Kersten. WAT 17. 128 Seiten. DM 6,50

131 expressionistische Gedichte. Hrsg. Peter Rühmkorf. WAT 18. 160 Seiten. DM 7,50

Peter O. Chotjewitz/Aldo De Jaco, Die Briganten. Aus dem Leben süditalienischer Rebellen. WAT 19. 192 Seiten. DM 7,50

Die Scheidung von San Domingo. Dokumentation v. H. C. Buch. WAT 20. 192 S. DM 8,-

GRIPS-Theater. Geschichte, Dokumente und Modell eines Kindertheaters. Hrsg. Volker Ludwig u. a. WAT 21. 192 Seiten. ca. DM 8,50

Erich Mühsam: Fanal. Ausgewählte Aufsätze und Gedichte (1905-1932). Hrsg. Kurt Kreiler. WAT 22. 192 Seiten. DM 8,50

Albert Soboul, Kurze Geschichte der Französischen Revolution. Ihre Ereignisse, Ursachen und Folgen. WAT 23. 160 Seiten. DM 7,50

Der Automaten-Mensch. E.T.A. Hoffmanns Erzählung vom »Sandmann«, auseinandergenommen und zusammengesetzt von Lienhard Wawrzyn. WAT 24. 160 Seiten. DM 7,50

Frauenhäuser. Gewalt in der Ehe. Hrsg. Sarah Haffner. WAT 25. 224 Seiten. DM 11,-

Corrado Stajano: Der Staatsfeind. Leben und Tod des Anarchisten Serantini. Aus dem Italienischen von P. O. Chotjewitz. WAT 26. 160 Seiten. DM 7,50

80 Barockgedichte Hrsg. Herbert Heckmann. WAT 27. 128 Seiten. DM 7,50

Peter Brückner: Ulrike Marie Meinhof u. d. dt. Verhältnisse. WAT 29. 192 S. DM 9,50

Bettina von Arnim. Eine weibliche Sozialbiographie aus dem 19. Jahrhundert. Von Gisela Dischner. WAT 30. 192 Seiten. DM 9,50

Die Päpstin Johanna. Ein Lesebuch von Klaus Völker. WAT 31. 128 Seiten. DM 6,50

Charles Fourier, Aus der neuen Liebeswelt. WAT 32. 208 Seiten. DM 9,50

Schinderhannes. ›Kriminalgeschichte voller Abenteuer und Wunder, doch streng der Wahrheit getreu. 1802.‹ Hrsg. Manfred Franke. WAT 34. 128 Seiten. DM 8,50

Baudelaire 1848. Gedichte der Revolution. Herausgegeben und kommentiert von Oskar Sahlberg. WAT 35. 160 Seiten. DM 8,-
Die Salpeterer. ›Freie, keiner Obrigkeit untertane Leute auf dem Hotzenwald.‹ Hrsg. Thomas Lehner. WAT 36. 128 Seiten. DM 7,50
99 romantische Gedichte. Hrsg. Lienhard Wawrzyn. WAT 37. 192 Seiten. DM 9,50
Ödipus. Ein Held der westlichen Welt. Von Horst Kurnitzky. WAT 38. 144 S. DM 8,-
Günter Bruno Fuchs, Die Ankunft des Großen Unordentlichen in einer ordentlichen Zeit. Gedichte, Bilder und Geschichten. WAT 39. 160 Seiten. DM 7,50
Jetzt schlägt's 13. Deutsche Literatur aus dreizehn Jahren. Hrsg. Klaus Wagenbach. WAT 40. 192 Seiten. DM 7,-
Sil Schmid, Freiheit heilt. Demokratische Psychiatrie in Italien. WAT 41. 160 S. DM 7,50
Boris Vian, Der Deserteur. Chansons, Satiren und Erzählungen. Mit einer Biographie. Hrsg. Klaus Völker. WAT 42. 144 Seiten. DM 8,50
Lessings »Nathan«. Der Autor, der Text, seine Umwelt, seine Folgen. Hrsg. Helmut Göbel. WAT 43. 256 Seiten. DM 8,50
Erich Fried, 100 Gedichte ohne Vaterland. Nachwort: Klaus Wagenbach. Eine Sammlung alter und neuer Gedichte. WAT 44. 128 Seiten. DM 7,-
Asperg. Ein deutsches Gefängnis. Von Horst Brandstätter. WAT 45. 160 Seiten. DM 9,-
Günter Bose/Erich Brinkmann, Circus. Geschichte und Ästhetik einer niederen Kunst. WAT 46. 204 Seiten. DM 9,50
Heinrich Heine, Ein Land im Winter. Gedichte und Prosa. Mit Bemerkungen von Dieter Heilbronn. WAT 47. 192 Seiten. DM 9,-
Panama. Geschichte eines Landes und eines Kanals, von der Entdeckung bis zum Vertrag von 1977/78. Von Alex Schubert. WAT 48. 128 Seiten. DM 7,50
Der Aufstand der Ciompi. Über den »Tumult«, den die Wollarbeiter im Florenz der Frührenaissance anzettelten. Von Ernst Piper. WAT 49. 128 Seiten. DM 8,-
Horst Karasek, Belagerungszustand! Reformisten und Radikale unter dem Sozialistengesetz von 1878-1890. WAT 50. 160 Seiten. DM 8,50
Tommaso Di Ciaula, Der Fabrikaffe und die Bäume. Wut, Erinnerungen und Träume eines apulischen Bauern, der unter die Arbeiter fiel. WAT 51. 160 Seiten. DM 9,50
Wilfried Gottschalch, Vatermutterkind. Deutsches Familienleben zwischen Kulturromantik und sozialer Revolution. WAT 52. 160 Seiten. DM 8,50
Puerto Rico. Inselparadies der Wallstreet oder unabhängiger Staat? Geschichte, Kultur, Gegenwart. Von Karin Röhrbein und Reinhard Schultz. WAT 53. 128 Seiten. DM 7,50
Christian Friedrich Daniel Schubart, Dichter und Staatsfeind. Leben und Umtriebe eines schwäbischen Rebellen. Hrsg. Wilfried F. Schoeller. WAT 54. 160 Seiten. DM 9,50
Hans Christoph Buch, Tatanka Jotanka oder Was geschah wirklich in Wounded Knee? Die letzte Schlacht der Indianer gegen die Weißen. WAT 55. 128 Seiten. DM 7,50
Friedrich Schiller, Der Verbrecher aus verlorener Ehre. Eine wahre Geschichte. Mit Überlegungen von Horst Brandstätter. WAT 56. 128 Seiten. DM 7,50
Georg Forster, Weltumsegler und Revolutionär. Ansichten von der Welt und vom Glück der Menschheit. Von Ulrich Enzensberger. WAT 57. 192 Seiten. DM 9,50
Horst Karasek, Der Fedtmilch-Aufstand oder: Wie die Frankfurter 1612/14 ihrem Rat einheizten. WAT 58. 160 Seiten. DM 9,-
Freyheit oder Mordt und Todt. Revolutionsaufrufe deutscher Jakobiner. Herausgegeben von Walter Grab. WAT 59. 192 Seiten. DM 8,50
Ernst Piper, Savonarola. Umtriebe eines Politikers und Puritaners im Florenz der Medici. WAT 60. 160 Seiten. DM 9,50
Gisela Dischner, Caroline und der Jenaer Kreis. Ein Leben zwischen bürgerlicher Vereinzelung und romantischer Geselligkeit. WAT 61. 192 Seiten. DM 9,50
Ulrike Marie Meinhof, Die Würde des Menschen ist antastbar. Aufsätze und Polemiken. WAT 62. 160 Seiten. DM 9,-
Till Eulenspiegel. Phantasien über einen Schalk. Durch 700 Jahre aufgesucht von Klaus Briegleb. WAT 63. 192 Seiten. DM 9,50
Atlas zusammengestellt von deutschen Autoren. WAT 64. 272 Seiten. DM 10,-